D1387116

LES TÊTES BRISÉES

DE LA MÊME AUTEURE

La Blasphème, roman
Éditions Trois-Pistoles, 2003

Les colons de village, roman
Éditions Trois-Pistoles, 2005

Journal intime d'une pute conforme, roman
Éditions Trois-Pistoles, 2008

ANICK FORTIN

LES TÊTES BRISÉES

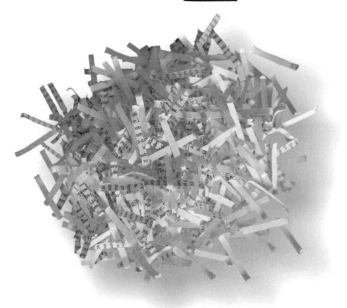

ROMAN

ÉDITIONS TROIS-PISTOLES

Éditions Trois-Pistoles
31, Route Nationale Est
Trois-Pistoles (Québec) G0L 4K0
Téléphone : 418 851-8888
Courriel : vlb2000@bellnet.ca
Site web : editionstrois-pistoles.com

Saisie : Anick Fortin
Conception graphique et mise en pages : Lucie Laverdure (L'Infographe)
Révision : Victor-Lévy Beaulieu et André Morin
Photo de l'auteure : collection personnelle
Photo de la couverture : Shutterstock | Andrey Popov

Les Éditions Trois-Pistoles bénéficient des programmes d'aide à la publication du Conseil des Arts du Canada, du ministère du Patrimoine (Fonds du livre du Canada), de la Société de développement des entreprises culturelles du Québec (SODEC)
et du programme de crédit d'impôt pour l'édition de livres du gouvernement du Québec (gestion Sodec).

En Europe (comptoir de ventes)
Librairie du Québec 30, rue Gay-Lussac 75 005 Paris France
Téléphone : 43 54 49 02 Télécopieur : 43 54 39 15

ISBN : 978-2-89583-312-3
Dépôt légal : Bibliothèque et Archives nationales du Québec, 2015
Dépôt légal : Bibliothèque et Archives Canada, 2015
© Éditions Trois-Pistoles et Anick Fortin, 2015

À vrai dire, chasser de tels êtres,
ce n'est pas possible.
Pour bien faire, il faudrait les tuer.

Samuel Beckett
En attendant Godot

SORTEZ-MOI DE MA TÊTE!

Quelques semaines plus tôt

*L*E CERVEAU EST UN ORGANE ÉTRANGE, *de forme particulière et regorgeant d'invisibles travailleurs plongés dans une vase grise. Sa grosseur n'est pas synonyme de qualité et son excellence reste discutable et difficile à mesurer. Dans ses sillons siègent non seulement l'intelligence, mais une foule de traces qui nous singularisent. Qui serions-nous, imprégnés des souvenirs d'un autre ? On n'en aurait rien à foutre parce qu'on ne le saurait même pas. Voilà le plus fascinant. Si les mémoires pouvaient s'interchanger, on n'y verrait que du feu.*

La mémoire constitue un lieu de stockage incontrôlable. Des images s'y inscrivent malgré nous. Et si on ferme les yeux, on entend quand même, et si on se bouche les oreilles, on perçoit encore les odeurs, et nos méninges remarquent qu'on tente de leur dissimuler quelque chose. Alors ils gardent ça en tête. Parfois le contraire se produit. Des éléments qu'on cherche à retrouver se cachent, comme si

9

le trousseau qui nous autoriserait à débarrer toutes les sections de nos souvenirs s'était éparpillé dans une botte de foin.

Notre conscience demeure impuissante face à notre vécu emmagasiné. Le cerveau semble avoir été conçu à la base pour nous permettre de survivre en gérant parfaitement toutes nos actions pour se nourrir, s'enfuir et s'abriter. Et l'homme a évolué. Il s'est servi de son précieux organe pour entrer en relation avec les autres et pour créer. Il a érigé des tours de béton, il s'est mis à se déplacer à des vitesses folles, en automobile, en avion, en navette spatiale même, question de gagner du temps, d'en faire plus avec le bout de vie indéfini qu'il possède. Il a fabriqué une grande société de communication où il rêve qu'on le reconnaisse comme un être unique.

Nous sommes ainsi construits. Tous semblables. Mais combien différents. Nous exerçons une emprise sur peu de choses à l'intérieur de notre boîte crânienne. Le stress, les événements traumatisants, voilà des exemples d'éléments de l'environnement qui modifient parfois la façon dont le cerveau traite les informations. Que peut-on réellement en changer ? Quel pouvoir, quel contrôle est-il possible d'user sur nous-mêmes ? Notre mémoire est une force invisible.

Ah ! là, je m'étire la philosophie, les bras tendus en croix, les orteils qui pointent sous le bureau d'ordi. Je sais plus trop où je m'en vais avec cette histoire d'organe de l'intelligence. Je voulais simplement parler de la mémoire. Je fouille dans mes notes. Des théories. Des dizaines de pages. J'ai emprunté une pile de volumes à la bibliothèque pour réaliser cette recherche. J'ai surligné quelques passages et je feuillette ces ouvrages à la recherche de traces de marqueur jaune parce que le jaune, c'est plus discret. Si on me prend, je dirai que ces saletés se trouvaient déjà dans les livres — d'ailleurs, je n'ai écrit que dans deux d'entre eux. Je retrouve cet extrait, enfin. Pas très éloquent finalement. Je scrute les lignes précédentes. Mes doigts retournent à mon clavier.

La mémoire. On en distingue deux types : implicite et explicite. La première est simple à comprendre. Elle englobe toutes les actions que l'on peut poser sans même y penser. Quand je lis, je ne perds pas mon temps à repasser l'alphabet dans ma tête pour m'assurer que je me souviens comment lire. Je lis. C'est tout. En répétant souvent un même geste, on parvient à le refaire sans même s'arrêter au processus qui mène au résultat.

J'aurais dû écrire un plan. Je monte le son de la musique. Je suis seule dans l'appartement. Tous ces écrits sur la mémoire, ça dit puis ça se contredit. Je sais plus trop quoi utiliser, y'a rien qui semble évident ou qui propose la vérité absolue. On croirait que ces chercheurs ont foutu la conscience à la porte parce que ça exigeait trop d'efforts de travailler avec. Qu'est-ce qui se passe quand on réalise des tâches complexes, comme conduire par exemple, et qu'on se rend compte qu'on a été inattentif pendant un certain moment et que là on se dit, merde, s'il y avait eu un enfant dans le chemin, est-ce que je l'aurais vu ? Puis on s'inquiète à savoir depuis combien de temps on roule sur le pilote automatique. On cherche dans notre cerveau un indice d'un récent souvenir pour trouver combien longtemps ça a duré. Combien de couplets de chanson j'ai manqué, quelle pancarte j'ai pu voir puis en regardant dans le rétroviseur, on se demande comment on a fait pour prendre toutes ces courbes sans se retrouver dans le décor. Ça ne tient pas la route, cette théorie de mémoire implicite. Pas plus que l'explicite selon moi.

Et d'ailleurs, des incongruités, j'en décèle des tonnes. Pourquoi est-ce qu'on apprend rapidement quand ça fait mal ? C'est peut-être ça, le truc, il faudrait retourner aux anciennes méthodes d'éducation. Avec la torture, on deviendrait plus intelligents plus vite. On saurait plein de choses, mais on les associerait toutes à de mauvais souvenirs.

Et il y a combien d'espace dans notre mémoire ? Ces souvenirs qui s'effacent avec le temps, comment ils font pour disparaître ? Et ceux qu'on voudrait qu'ils s'en aillent, on y repense chaque fois en se disant « si je pouvais ne plus me souvenir de ces foutus moments angoissants » et là, on se met à y songer et notre tête réactive les détails et s'assure que les images restent bien claires. J'ignore pourquoi on est si mal construits. Comme si on devait inévitablement arriver à la conclusion que, dans la pratique, c'est bien plus difficile d'oublier que d'apprendre.

Les mauvais souvenirs, on en possède tous. Et c'est évident que certaines choses sont écrites dans notre cerveau avec de bien plus gros neurones que d'autres. Si j'étais chercheur, j'établirais un protocole pour déterminer l'enflure des zones qui sont concernées par les affreux rappels. Je travaillerais à trouver les traces d'une réaction inflammatoire. Aucun de mes livres qui en parle, mais je considère ça comme une piste intéressante. Quand tu te fais rentrer dans la tête des images traumatisantes, quand ta peau se tord, que tes oreilles se noient dans le bruit, que l'odeur devient irrespirable comme si tu étais perdu dans un incendie de pneus, c'est sûr que le grand coup que ça te donne dans le cerveau, ça crée une blessure comme un os qui se casse ou une plaie qui saigne. Impossible de passer l'éponge, tes connexions enflées ne pourront pas effacer ça. Le seul moyen serait sans doute de les déjouer en multipliant tous les bons souvenirs autour. Repeindre sa matière grise d'une autre couleur. Ou supprimer le processus à la source et se couper de tous ses sens.

« On pense que ». Je lis ça dans toutes les pages de chaque volume que je consulte. Et si on possédait un cerveau de bibitte qui ne réfléchit pas, ah là, ça ne deviendrait pas facile, leurs recherches ! Je dis ça, mais les fourmis, j'imagine qu'elles se pressent le citron de temps en temps. Les poissons aussi, ça doit penser, du moins les dauphins. Et les oiseaux... Ils doivent tous se dire qu'ils ont faim avant de chercher de la nourriture. Ce n'est pas si magique que ça, cette faculté-là. Et puis, la mémoire finalement, si ça se trouve, c'est simple. Ce dont on se souvient n'est peut-être rien d'autre que des enregistrements futiles auxquels on accorde trop de poids. Si ça se peut, notre cerveau, lui, il n'en a rien à faire de la différence entre une addition et une peine d'amour. Sans doute que notre esprit attache trop l'importance à notre unité de stockage. Nos sentiments constituent possiblement un effet secondaire qu'on interprète comme fondamental.

Et puis l'amour, c'est trop complexe. J'ai fréquenté quelques gars par le passé, mais ça s'est toujours terminé dans la confusion. J'aurais probablement dû insister plus. C'est à croire que je leur donnais l'impression de m'en balancer, de notre relation. On se voyait moins souvent jusqu'à ce qu'on devienne des étrangers. On s'abandonnait, tout simplement. Je me transformais en louve solitaire. Puis je rencontrais quelqu'un de nouveau et pour un moment, on discutait. En fait, on parlait de choses sans importance, mais ça me convenait. Et le sexe j'en prenais, mais ce n'était pas une drogue. L'excitation s'absentait alors que je la souhaitais. Le bonheur aussi est un concept difficile à cerner.

Mais là, je travaille en plein dans le cerveau et je dois m'y remettre, taper ces maudites cinq pages. Je vais tasser les marges, placer des images. Changer l'écriture. Corriger les fautes. Ça va passer.

La plupart des activités cérébrales étudiées se situent dans le système limbique, impliqué dans les émotions, les hormones, le sommeil, etc. Toute la chimie du cerveau s'opère à cet endroit, lieu des neuro-transmetteurs, c'est-à-dire des molécules qui servent à stimuler les neurones. Les nouvelles informations sont bloquées temporairement par l'hippocampe qui transfère par la suite ces renseignements à différentes zones du cortex.

Je compose quelques lignes sur la mémoire à court et à long terme, procédurale et perceptive, sémantique et épisodique. Ça donne un portrait global de ce qu'est cette faculté, mais les interrogations que je pose depuis le départ demeurent irrésolues. Le corps lourd, je me lève de ma chaise à roulettes pour me dégourdir les fesses à la fenêtre poussiéreuse du salon. De l'autre côté de la rue, je distingue deux jeunes. Ils devraient se trouver à l'école à cette heure, un mercredi après-midi. Le temps est chaud aujourd'hui pour la fin avril. Ils boivent. Les vêtements sales, la peau sur les os et le sourire plus grand que la face. Une voiture de patrouille s'arrête près d'eux sans me cacher la vue. Un voisin s'est sûrement plaint. J'en vois un se redresser et avancer lentement vers les agents. Il hausse les bras et son menton se balance tandis que sa bouche échappe quelques mots. La policière lève une main devant pour garder le personnage à distance. Deux trous de cul qui se traficotent une vie de merde en s'envoyant des pilules chimiques dans le système digestif parce que le système social n'a pas su les avaler. Le genre de gars violents qui battraient un vieux juste pour obtenir quelques vingt dollars. Du monde content de savoir qu'ils font peur aux gens qu'ils croisent. Je ne vais pas travailler avec des drogués qui, pareils à des enfants de cinq ans, te lancent des lignes pour te fendre le cœur quand un détail les contrarie. Ils chient la déception sur leurs familles et leurs amis comme des Hansel et Gretel qui pensent pouvoir remonter le temps un jour par la simple odeur du fumier, mais la crotte, on la rince un moment donné. Quand ils vont frapper le mur, il ne leur restera qu'une route de solitude parsemée de chaque côté de criminels et d'escrocs. Y'a pas d'autres choix que de les emballer dans une chienne orange et de les entreposer dans une cage.

Moi au moins, je suis allée à l'école, et même si je me tape des recherches monotones, je le ramasserai, ce diplôme de technicienne en travail social, et je vais me construire une belle vie quelque part.

Une vie prévisible.

Les deux jeunes se font embarquer et je retourne à mon écran.

Chapitre 1

*J*E N'AURAIS PAS DÛ ENFILER CETTE ROBE FLEURIE qui me donne l'air d'une fillette mais, à la boutique, la voix de la vendeuse m'avait influencée avec ses intonations exagérées, oh !, ah !, j'allonge trente-deux dollars, merci ma belle, bonne journée, là ! Je sais que je me fais duper. Et ces achats compulsifs, après tout, il faut les assumer un peu ; alors, après avoir rangé tous mes vêtements confortables dans mes bagages, il me reste cette robe que j'allais abandonner. Rouvrir mon sac pour porter autre chose, non. Je pourrais hésiter et si j'hésite, je risque de changer d'idée.

Serrer les poings sur les strappes de ma valise et la soulever jusqu'à la porte de mon appartement que je quitte sans verrouiller, moi qui ai l'habitude de sonder la poignée au moins deux fois ou de m'écrier au moment de partir : « Deux minutes, je vérifie si c'est barré ». Je me dis que, pour qu'ils remarquent mon absence, il faut laisser une trace quelque part. Que, pour qu'ils s'inquiètent, je dois tricher un peu. Je ne fugue pas, mais je veux bien que ça en ait l'air.

Disparaître. Plutôt que m'en aller. Mille kilomètres plus loin, sans doute que je me reconnaîtrai un visage différent. Verser moins de larmes. Et si ça se peut, pour toucher le bonheur, je dois rouler. Je dois voir s'éteindre dans le rétroviseur les paysages de mon passé. Les tableaux sombres.

C'est ainsi que j'abandonne mes deux colocs, poussant de toutes mes forces pour faire entrer cette dernière valise dans ma vieille Jetta. Je la coince derrière la portière que je ferme d'un coup sec. Ça tient. Je m'installe au volant. Je démarre. Remets l'odomètre à zéro. Je fouille dans mes cassettes. Nirvana m'accompagnera une bonne heure. Je monte le son. Chaque coin de rue me lance ses adieux. Au sens figuré. Parce que c'est plutôt moi qui souhaite ne plus les croiser. D'abord Ontario qui semble se foutre de mon départ. Puis Saint-Laurent. Des grilles partout. À cette heure. Et les stationnements presque vides. Ça dort. Pas de danger que ça ouvre l'œil au grondement de mon muffler.

Sherbrooke. Pas mieux. Papineau non plus. Ça dort dur. Et le pont qui me fait signe de me dépêcher à m'enfuir. Accélérer. La ligne jaune comme un élastique. Emprunter ce sling-shot qui m'expulse enfin. Montréal derrière moi.

Get away. Get away. Get away. Get away. Away from your home.

J'étais seule ce matin, avant de prendre la route. Les gars avec qui j'habite sont insoucieux. Ils remarquent difficilement les changements. Ils ignorent les dates de péremption et se foutent du courrier, même lorsque je le laisse sur la table. Ils posent leur assiette dessus et s'en servent comme napperon. Jonathan s'étonnera le premier de mon absence. Il rentrera, vers onze heures parce que c'est l'heure à laquelle il entre le dimanche, les yeux cernés après s'être tapé une quasi-inconnue, « cochonne sept sur dix » sans doute, « moua, je vais pas la revoir celle-là » parce que pas assez épilée parce que trop grande parce que trop conne parce que trop snob. Parce que. Bon, c'est Jonathan. D'habitude, il bâille sans se cacher les plombages et me regarde comme si je lui avais cuisiné un sandwich ou quelque chose comme du

21

Kraft Dinner. Non. Ses commentaires vont me manquer, surtout les plus intimes. J'avais pris l'habitude de sortir de la salle de bains en sous-vêtement, « t'as vraiment un beau corps », et je feintais m'être fait prendre, je fermais vivement la porte de ma chambre, je m'étendais sur mon lit et j'attendais. Un jour, il a frappé et je l'ai laissé entrer. Lui aussi il a vraiment un beau corps, mais il préfère le partager avec plusieurs. J'ai eu droit à ma part, mais pas à la tendresse que j'aurais espérée. J'étais trop ordinaire pour qu'il tombe amoureux. Ou peut-être qu'il manquait simplement de maturité.

Hubert, ça va lui prendre un certain temps pour s'apercevoir que j'ai levé le camp. Il passe ses fins de semaine à Québec avec sa copine qui étudie en génie parce que selon elle, « Québec, c'est mieux, c'est plus propre, c'est plus vert. C'est le cœur de la province. »

— Mais tu passes tous tes temps libres à Montréal, que je lui avais dit, à la copine, et jamais je ne l'ai revue. Hubert se tape maintenant la route.

— Trop de sens uniques, qu'elle avait argumenté pendant que ma mâchoire devenait toute tendue et que je sentais mes dents se resserrer d'impatience. « Vieux ponts. » J'attendais qu'elle parte pour enfin pouvoir retourner à mes livres « eau pas buvable » parce que la fin de la session approchait et que je pensais juste à terminer ma dernière année et à l'imiter, mettre les sens uniques et les ponts et l'eau sale dans un même tas et les abandonner.

J'ai cherché un travail le plus loin possible. J'ai scruté les offres d'emploi et je suis tombée pile. Un simple entretien téléphonique et le monsieur m'a dit finalement que j'étais la seule candidate. Ça m'a fait un petit trou dans le cœur, juste à côté des autres, de comprendre qu'on ne me choisissait pas vraiment.

Je devais voir de quoi ça avait l'air, la Baie-des-Chaleurs, alors j'ai fouillé sur le net. J'ai trouvé une belle photo. Je l'ai imprimée.

L'image d'un morceau d'océan. Ça ressemblait à de la liberté. Les glaces échouées qui tardent à fondre. Des vieilles poutres de quai que la mer n'a pas avalées. Et du varech plein la plage, venu s'étendre pour se reposer et se sécher dans le soleil du printemps. J'allais là. Exactement là. Sentir l'odeur du vent. Me planter les deux pieds en plein dans ma photo.

Je passe Québec. Au-delà de ce point, je suis une inconnue, sauf pour Gilles, mon futur patron.

— Juste Gilles. Ici, tu vas voir, tout le monde s'appelle par son prénom. C'est un p'tit coin tranquille. C'est un peu comme si on était une grande famille.

Une famille. Mon trou dans le cœur s'est cicatrisé. Ils vont m'aimer.

Je roule encore. Pas faim. Mon corps se raidit malgré moi. Mes respirations raccourcissent. Je tiens le volant bien trop fort. Mes mains deviennent moites et je dois constamment les essuyer dans les plis de ma robe. Il faudrait me calmer un peu. J'emprunte une sortie. Il est presque midi.

C'est à cause du nom, par curiosité, que j'ai choisi de m'arrêter à Kamouraska. Aller sentir l'air du bas du fleuve à pleins poumons question de contrôler cette nervosité qui s'est installée depuis le début de mon long voyage. Sur ma gauche, une grande maison blanche se dessine, une très belle demeure, soignée. Une dame y jardine. Elle doit semer des fleurs. Elle lève la tête. Tourne son regard en direction de la rue. Une femme au visage rond. Les cheveux blancs. Puis sur la droite, j'aperçois un homme qui, plutôt que de monter dans son automobile, prend une pause pour m'observer passer. Leurs yeux sur ma voiture noire, comme des harpons, des missiles chercheurs. Comme si je faisais quelque chose de mal.

Je cherche le fleuve. Un stationnement. En bordure de l'eau. Personne d'autre que moi ici. Je descends de voiture, pose le pied au sol, il est si lourd et mes jambes sont plutôt raides.

La plage est une longue étendue de grève vaseuse. La marée doit être basse. J'y laisse de délicates traces de pas. Tout se fige. N'existe plus. Je suis seule.

Je suis de passage, un imposteur. Un grain dans l'engrenage. Je fixe d'abord le vide et ce vent soudain, je le sens sur ma nuque, comme une main qui me tient, la main d'un ange et un grand frisson me parcourt. Le fleuve est paisible malgré la douce brise. On ne distingue que de légères ondes à sa surface. Mes cheveux se plaisent à caresser doucement mes joues et forment des œillères qui m'isolent, sculptant des bras chaque côté de mon visage, des bras qui m'invitent à plonger au cœur de ces eaux froides. Et je ferme les yeux. Je veux sentir ces doigts sur ma nuque, cette peau imaginaire frôlant la mienne. Avancer d'un pas. M'approcher de la liberté. Des ombrages dansent sur l'eau. D'abord imparfaites puis des arêtes et des courbes se tracent autour des masses plus sombres et que la lumière fait ressortir comme des silhouettes. Tranquillement, elles prennent de l'ampleur. Des gens. Quelques-uns au départ puis d'autres encore. Ils semblent sortir de la vase, ces corps, et je distingue de mieux en mieux les hommes des femmes et des enfants. Ils sont nombreux. Ils viennent vers moi et leurs visages se construisent plus clairement. Chacun d'eux, ils disent les mêmes mots impossibles à comprendre. Je vois des lèvres de terre remuer et mes cheveux dans mes oreilles me rendent complètement sourde. Le vent s'amplifie, les vagues deviennent de plus en plus abondantes et bruyantes. Je n'entends que cette agitation des eaux qui noircissent malgré la clarté du soleil du midi. Et cette meute progresse vers la rive. Mon cœur se serre. Je respire à peine. Le vent tourbillonne, j'ai des cheveux plein le visage. Un vertige. Je sens que je peux basculer dans ces grandes épines de joncs à mes pieds. Ces épines, c'est la seule barrière entre moi et ces carcasses de vase qui approchent.

Le bruit d'un klaxon fait tout disparaître et le vent tombe d'un coup. Il n'y a que mes traces, d'aussi loin que je peux voir. Puis elle arrive, la peur de vivre le même vertige une fois rendue à destination. Je passe les mains dans mes cheveux, puis sur ma nuque, fermement. Ne pas trop y penser. J'ai mal à la tête. Je dois manger un peu.

Je trouve facilement une station-service. Un père de famille s'arrête à la pompe voisine à la mienne. Son regard insiste un peu sur mes cuisses, plutôt découvertes avec ce petit vent de mai et ma maudite robe. Ça m'intimide. Comme je verse les derniers litres de diesel dans ma Volks, l'homme dévisse le bouchon à essence de sa voiture.

Une très belle femme en sort avec un garçon d'environ huit ou dix ans.

— On va payer, nous, lance-t-elle.

Dans le dépanneur, je ramasse de quoi dîner. Un sac de noix. Deux bouteilles d'eau. Des chips.

— Qu'est-ce que c'est, maman ? demande le fils.

— Une barre de chocolat Snikers.

Puis il recommence avec une autre barre. Il la prend, la tend vers elle et la questionne à nouveau. Elle répond. Quel imbécile, cet enfant ! Sa mère doit être une grano qui confisque toutes les sucreries à son fils et elle va s'étonner quand, à ses vingt ans, il pèsera deux cents livres parce qu'il mangera tout ce qu'il veut.

— Celle-là, maman ?

— Des Smarties. Brasse la boîte, tu vas voir, ça fait du bruit.

Le jeune écoute sa mère, brasse la boîte dans tous les sens. Il rit. Mon père m'aurait empêchée de faire ça. J'aurais eu droit à un serrement de bras dont je me serais longtemps souvenu. Cette mère tient doucement la main de son fils comme si c'était un bijou. Il ne va jamais s'arrêter. Il les prend toutes. Dans l'ordre. La caissière, une ado au pierçing dans le menton, un genre de faux diamant rose, ne grinche pas. Elle attend que le pervers dehors ait terminé de faire le plein. Puis elle se décide à parler.

— Tu vas être un expert du chocolat, mon beau Samuel, qu'elle lui dit. Ça fait cinquante dollars, madame.

Des gens du coin.

Samuel en est rendu au moins à la huitième barre quand vient mon tour de payer. La mère de Samuel se tasse et tire sur le bras de son fils, enfin !

— Je sais plus où la mettre, celle-là, maman, lance Samuel avec sa boîte de Glosettes.

Je sens mon ton devenir presque qu'un hurlement : « T'as qu'à t'ouvrir les yeux, parce que je n'élèverais pas mon enfant comme ça, moi, à toucher à tout. »

Et sa mère saisit la boîte et la replace, visiblement ébranlée par la fureur de mes paroles.

— Viens, Samuel, qu'elle dit à son fils, on va laisser la dame payer son essence.

— T'aurais intérêt à apprendre à lire, Samuel, que j'ajoute, au lieu de mettre tes mains sur tout ce que tu vois.

Il faut bien que quelqu'un l'éduque, cet enfant-là. L'hygiène, les granos, ça s'occupe pas trop de ça.

— Désolée, madame, qu'elle me dit. Mon fils est non-voyant.

Silence.

Je regarde le petit quitter l'endroit accroché à sa mère comme un petit singe pendu à sa guenon. J'achète une bouteille de désinfectant pour les mains.

Quand même. Sans m'excuser. Parce que je pense encore aux microbes qu'il a mis partout.

— Pauvre Samuel, lance l'ado au pierçing pour me rendre coupable de mon impatience. Ça vous fait soixante-trois et dix-huit.

Je paie en billets de vingt dollars.

On the road again, je fixe l'asphalte de l'autoroute 20 comme s'il s'agissait d'une grosse efface et qu'en roulant dessus, des morceaux de mon histoire s'estomperaient. Mes trois dernières années, au cégep, je les ai passées à me poser des tonnes de questions. On dit souvent que les gens qui doivent régler des choses dans leur tête choisissent des métiers pour aider les autres. C'est exactement ça que j'ai fait. Le travail social, ça me parle, bien plus que de gaspiller mes journées devant des machines ou des ordinateurs.

Ça me secoue un peu d'avoir eu si peu d'empathie pour le petit Samuel. C'est venu me chercher profond dans le corps. Plus creux qu'il aurait fallu. C'est peut-être à cause de toute la ouate que sa mère plaçait tout autour de lui.

Je n'aime pas particulièrement les enfants.

Je remplace Curt Cobain par Billie Joe Amstrong qui me crie *I'm not growing up I'm just burning out and I stepped in line to walk among the dead.*

Le plus difficile dans mon métier, paraît-il, c'est de laisser les gens faire les choses à leur façon. Il faut savoir les écouter. Et les écouter encore.

— Il faut garder espoir, qu'ils ont dit. On ne les sauve pas tous.

Même qu'on en sauve très peu. Et peut-être aussi que ceux-là se sauvent eux-mêmes. Puis, les stages sont trop courts. On apprend deux ou trois choses de plus et ils nous disent qu'on est très bons. On n'est pas tous si bons que ça.

— Le dernier stage de notre formation en sera un d'intervention. Vous prendrez en charge les activités d'un travailleur social. Vous poserez les mêmes gestes. Vous choisirez les façons de faire. Vous allez collaborer avec des équipes qui écouteront ce que vous leur direz, comme si vous en faisiez réellement partie.

Mon dernier stage, c'est en milieu psychiatrique qu'il s'est passé.

On m'avait dit de me tenir sur mes gardes.

De flairer le danger. Et que les gens différents, ça porte des coups involontaires. Ça vous agrippe. Ça a des spasmes. Ça gifle et ça vous touche par surprise.

De ma courte expérience, j'avais constaté qu'en milieu familial, ou dans les organismes de soutien, on parle aux gens. On les écoute. On met en place des moyens plutôt mécaniques pour régler leurs problèmes. C'est comme si on disait à un malade de faire de l'exercice pour que passe son mal. Se remettre en forme. Lentement.

En institut, on instaure des procédés chimiques du genre : « Prends des pilules et tu vivras ». J'ai vu des infirmières leur administrer toutes sortes de calmants sous les ordres des psychiatres qui voient les malades dix ou quinze minutes par semaine. On essaie de les domestiquer. À coup de bonbons. Pour leur enlever ce qu'ils ont de sauvage et qui dérange. Les replacer dans le cadre. Quand on juge qu'un patient pourra prendre sa médication de façon autonome, on signe sa fiche de départ.

— Je n'ai rien pu faire, que j'ai plaidé.

Je leur parlais, à ces patients, mais leurs yeux fixaient ailleurs. Je cochais mes fiches, remplissais des rapports pour les équipes d'intervention et mon prof de stage, mais dans leurs yeux, toujours si loin, rien.

La chambre 4212.

Elle se trouvait au bout du couloir où l'on entend les pires hurlements. Pour bien les assommer, on leur prescrit les doses les plus fortes. Les fenêtres n'ouvrent pas. On ligote les malades dans leur lit. Sylvianne. Dans la 4212.

— Julie, tu m'as mal attachée ! qu'elle criait.

Je le sais trop bien : je n'aurais jamais dû toucher à ses contentions.

Je m'approchais dans le couloir en courant. « Tu m'as pas attachée comme il faut, Julie. Tu vas te faire chicaner. » Parce que ça pressait d'aller la rattacher avant qu'on s'en aperçoive. « Ils vont pas être contents, Julie ! » et j'ai poussé la porte d'un coup sec.

Rien. La chambre était vide et les sangles défaites dans le lit.

Le silence. Plus personne pour hurler des *Julie, je suis mal attachée !*

En reculant de deux pas, il y a eu dans l'air le bruit sourd d'un corps qui tombe et le léger sifflement des poumons qui se vident. Sylvianne saignait. Sa petite face était percée. Depuis l'œil droit jusqu'au cerveau. Écrasée derrière la porte où elle m'attendait, mon stylo dans le coin de l'œil. Suicidée. *Tu vas te faire chicaner, Julie.* Ses courts cheveux noirs rougissaient. Une flaque de sang, de plus en plus grande. Et son œil défait. *Ils vont pas être contents.* Ça m'a levé le cœur. J'ai couru vomir aux toilettes. Je ne voulais pas voir ça, son œil crevé.

Je n'ai jamais voulu voir ça, un œil crevé.

Heureusement, ça s'est bien terminé. Ce n'est pas si grave de tuer un patient. Mon volumineux rapport de stage, détaillé et rédigé avec soin, a impressionné mon prof. J'avais travaillé toutes mes heures. Ils m'ont donné mes crédits et passé l'éponge sur ma négligence comme ils l'ont passée sur le plancher de la 4212.

J'ai reçu mon diplôme. Partir loin de ma famille et de mon accident avec Sylvianne. En Gaspésie. Où personne ne me connaît. Où personne n'est au courant de ce stage désastreux. Loin de la honte. Recommencer et tenter de faire mieux. Une simple suite de petites erreurs. Je revois Sylvianne étendue sur le sol. Chaque fois que je ferme les yeux. Si le paysage est si beau qu'on le dit, peut-être qu'il pourra effacer ces images de mort incrustées en moi.

Chapitre 2

*M*ONT-JOLI. Je ne vois aucune montagne particulièrement jolie. Je dois aller aux toilettes. J'ai roulé six cents kilomètres et je m'arrête à nouveau, dans un genre de truck-stop cette fois-ci. La caissière du dépanneur est une grosse dame qui me salue fortement avec son sourire. C'est naturel chez elle. Pas pour moi. Je dois me forcer pour saluer les gens. J'avance, je croise l'affiche qui m'indique la direction des toilettes. Une vieille en sort et laisse tomber un papier derrière elle. « Madame ? », mais trop tard, la porte est déjà refermée. Ça ne paraît pas si important, il est à moitié déchiré, le papier. Je le déplie.

Chercher Raymond.

Je chiffonne ce foutu papier que je lance dans la poubelle.

Je ramasse un sandwich au poulet et un gros Pepsi que je paye à la souriante madame truck-stop. Je quitte cette petite ville avec REM. Pour me calmer un peu.

Le message déchiré de la vieille, ça m'a rendue nerveuse. Je commençais à peine à me détendre.

Mon père s'appelait Raymond. En fait, il existe sans doute toujours quelque part. Je me fous où il peut bien se trouver. Un jour, ma mère et moi, on est parties. Mon père avait des excès de colère. Je me rappelle ses doigts qui s'enfonçaient dans la peau de mes bras et les rougeurs qui peinaient à s'estomper, chaque fois que je lui déplaisais. En public, surtout. Je devais obéir. Il m'éduquait avec sa méthode bien à lui.

On attache l'enfant au pied de son lit. On le laisse jusqu'à ce qu'il se dessèche. Jusqu'à ce que ses lèvres fendillent. Toute petite. Sa face blême. Sa calme poitrine.

Lui verser maladroitement un mince filet de liquide dans l'oreille, en tirant sur son lobe jauni.

— T'as pas soif, la poule ? demande la crassure de père.

Ses yeux d'alcoolique plongent dans mes orbites évadées. Agenouillé sur le plancher, il laisse couler le restant de sa bière dans mes cheveux.

Prendre l'enfant par le bras, le détacher et le serrer fort, mais ne pas faire craquer les os.

— C'est l'heure de se coucher, poulette.

Une main glisse de ma tête jusqu'à mes pieds et insiste trop. Une grosse paume sale de chauffeur de truck d'asphalte. Lui souhaiter « Bonne nuit ! » avec l'haleine d'un vieux porc.

J'ai dormi le ventre vide des centaines de fois. Pas de verre de lait pour pas que je sente la vache, disait mon cochon de père.

La recette est infaillible. On attache l'enfant. On le laisse crever de faim. Puis il quitte la maison à quatorze ans et on s'en débarrasse comme d'une vieille Festiva qu'on abandonne en chemin.

Il me montrait la vie de cette façon. Chaque fois qu'il buvait, il se transformait en une espèce de monstre capable de massacrer sa proie juste pour satisfaire son envie de dominer.

La misère noire. Quand on patauge dans les rognures depuis l'enfance, on finit par s'y sentir bien. N'empêche qu'ils grandissent, ces enfants-là. Ils font leur chemin de vie comme ils peuvent. C'est souvent eux qu'on trouve dans les prisons. Dans les bars de danseuses. Derrière un fusil en Afghanistan en s'imaginant tuer tous les méchants. C'est papa. C'est maman. Bang dans la tête. Tiens, toé !

Mon père nous a dominées. Ma mère. Et moi. Pendant quatorze ans. Puis on l'a laissé tout seul. Sans lui, le calme se montrait. Je crois que ma mère arrondissait ses fins de mois avec les célibataires du bloc. Des hommes comme mon père. Qui se foutaient d'elle. Qui cherchaient à se faire baver sur le gland de temps en temps et à promener leur pénis dans ma mère à grands coups. Elle avait tellement honte de ce qu'elle devenait. Ça paraissait à sa façon de se tenir la tête, un peu penchée vers la droite. À sa façon de parler, avec très peu de mots. Son ton, des silences, des espaces. À toujours me demander si je vais bien, si j'ai besoin de quelque chose, si j'ai passé une belle journée. À faire semblant que les mauvais souvenirs se sont effacés. À me répondre : « Ah, moi, c'est comme toujours. Ça va. »

Et maintenant je prends de ses nouvelles une fois ou deux par mois, mais après lui avoir raconté quelques détails de ma vie, la discussion s'éparpille. Alors partir aussi loin d'elle ne change rien. Dix minutes au téléphone de temps en temps, elle va s'y habituer. Et puis, j'irai la voir à Noël. Losing my religion. Je monte le son.

Life is bigger. It's bigger than you and you are not me. The lengths that I will go to.

The distance in your eyes.

Me voilà donc qui parcours la route avec mes cicatrices. Une longue route au bord d'une immense crevasse, si profonde qu'elle paraît toute noire. Au lieu d'y plonger, j'ai choisi de l'observer de la surface. Du bord du trou, on peut entendre ce qui se passe dans le fond. On attend là pour tendre la main si jamais un mal-aimé veut s'en sortir. Moi et bien d'autres. Des rescapés d'une enfance de misère qui choisissent de rester près du trou, mais pas dedans, juste assez proches pour essayer de sauver ses semblables. Chaque jour, on voit tomber des gens dans le gouffre. Ça sent l'alcool. On sait qu'on peut basculer dans l'abîme à tout moment parce qu'on ne s'attache à rien. C'est contaminé de tous les bords. Le crime. Le sexe. La tristesse et la mort. On possède tous un carton d'invitation pour y plonger. On le conserve dans notre poche d'en arrière. Et ce foutu carton, il nous pousse dans le cul.

À Val-Brillant, je m'arrête à une station-service. Un tout petit village. Le maudit papier de la madame m'avait tellement viré le cœur que j'ai oublié qu'après ma pause pipi, j'avais l'intention de faire le plein.

— Quel chemin je prends pour aller dans la Baie-des-Chaleurs ?

— Tu continues toujours tout droit vers Amqui. Et là tu suis la 132, tu passes en avant du centre commercial et tu files vers Causapscal, sur la même route.

Je le remercie.

— Tu viens d'où ? me questionne-t-il avec un ton un peu familier.

— De Montréal, que je réponds.

— Ça fait toute une trotte, ça, avec une vieille Volks.

Je lui allonge quelques billets.

— Tu m'as déjà payé, ma belle.

Je reprends les billets. Non, je n'ai pas payé. Je regarde ailleurs. Les paquets de gomme. Les barres de chocolat. Un moment de vide, un instant qui s'est effacé de ma mémoire. Les fenêtres n'ont pas de grillage. Je ne me rappelle pas du tout avoir payé mon essence.

— Vas-tu repasser dans le coin bientôt ?

Il doit penser qu'il me fait de l'effet. Une *lady on the road*, ça l'intéresse.

— Non, je vais pas repasser avant un bon bout de temps.

Je le salue et je pars. Tout le monde affiche un sourire. Ils parlent aux inconnus comme s'ils les connaissaient. Ce caissier, il était loin de s'inquiéter que je tente un hold-up. Pas plus qu'il ne surveillait les deux ados louches dans le coin. Des quatre-roues dans le chemin. Une odeur de campagne. Je respire.

Chaque arrêt représente une occasion de changer de cassette. Il me reste un peu plus de deux heures de route. Billy Corgan va m'accompagner un bout de temps. Je mets *Dawn to Dusk* des Smashing Pumpkins.

Les paroles des chansons possèdent cette particularité que lorsqu'on les mixte avec la musique, elles nous atteignent de l'intérieur. Et quand on écoute comme il faut, ces voix-là nous réconfortent en nous donnant les mots pour comprendre ce qui se brasse en dedans et qu'on ne peut voir autrement.

Quand je fais jouer des chansons tristes, c'est comme si j'échangeais des secrets avec le poète.

The world is a vampire, sent to drain. Secret destroyers, hold you up to the flames. And what do I get, for my pain ? Betrayed desires, and a piece of the game.

Quand j'ai emménagé avec ma mère dans notre meublé, j'ai trouvé une boîte en carton sous mon lit, vieille. On l'avait souvent ouverte et refermée à en juger par les plis dans les rabats. Personne pour la réclamer. J'ai donc gardé les cassettes, des copies pour la plupart, et depuis, ce sont mes meilleures amies. J'ai passé des années à raconter mes problèmes à ces groupes de musique. Je les entendais me répondre par les textes de leurs chansons.

À l'époque, je n'étais pas très forte en anglais, alors je comprenais bien ce que je voulais des chansons. Il m'est arrivé, déjà, de penser que le propos de certaines pièces était l'abandon, la solitude, la tristesse, alors que finalement elles ne parlaient pas de grand-chose. Maintenant, je peux quand même concevoir qu'il n'y avait rien de bien joyeux dans toute la musique que contenait cette boîte de cassettes. On partageait la tristesse. Ils se trouvaient avec les mêmes déchirures que moi et les paroles que j'inventais, ça nous servait de dialogue. J'activais des voix dans ma tête d'un simple coup d'index sur une touche en triangle.

J'ai tellement pris cette habitude qu'il m'arrivait de me trouver quelque part et de continuer de les entendre. Surtout en public. À l'école. Dans mes cours, souvent. Ça se mettait à jouer, soudain, la guitare et le drum et là les mots en anglais, n'importe comment, qui me demandaient ce que je faisais là, dans cette classe, enfermée dans ces murs, avec les yeux de tout le monde qui pointaient vers moi, mais ce n'était pourtant pas le cas. Je me croyais épiée. Je me rends bien compte maintenant qu'ils avaient autre chose à faire que de perdre leur temps à s'intéresser à une ado mal habillée et réservée. Je passais de longs moments à discuter dans ma tête avec les voix que j'entendais, je n'avais pas le goût de parler de choses inutiles à des enfants qui pensent juste à faire de mauvais coups ou à jaser de garçons et des filles.

Un jour, je me rappelle, ma mère était descendue de l'appartement du voisin d'en haut en marchant bizarrement. J'étais installée à la table de la cuisine et je travaillais sur un devoir de math plutôt difficile. « Qu'est-ce que t'as ? » Elle a répondu : « C'est rien. » Elle est allée à la salle de bains et ça a pris beaucoup de temps. Assez longtemps pour que j'invente une tonne de scénarios et quand elle est revenue dans la cuisine, j'ai dit : « Je vais aller fermer ma radio » et elle a répondu : « Ta radio est pas ouverte », et je voyais dans sa douleur qu'elle souffrait à rester debout, mais que ce serait encore pire si elle s'assoyait. J'ai toujours détesté voir ma mère dans cet état.

And in my mind I'm everyone

In my mind I'm everyone of you.

Je tourne dans la petite rue. Pas loin de l'église. Comme c'est noté sur mon plan. Une chambre que j'ai louée dans un hôtel. « La saison touristique n'est pas encore commencée », m'a fait comprendre la dame quand j'ai réservé. « Tu trouveras pas d'autre chambre ailleurs. » On semble attendre ces fameux touristes pour se réveiller. Pour que la ville se mette à grouiller. Je ramasse la clé à la réception. Enfin. J'enlève ma maudite robe, que je lance dans un coin.

Je vais animer des activités pour une douzaine de handicapés. En fait, Gilles a été peu loquace sur les détails. Ils arrivent en autobus le matin, repartent en autobus le soir, et, entre ça et ça, je m'occupe d'eux. Il ne m'a pas non plus expliqué l'importance de leurs handicaps. J'ai simplement su que le précédent travailleur social était « parti d'un coup sec pour travailler à l'hôpital parce que c'est plus payant » et qu'il espère que moi je ne vais pas faire le même coup et rester ici plusieurs années parce que « ça prend de la stabilité, pas trop de changements, pour établir la confiance, créer une routine ». Je sais, je sais, j'ai appris tout ça dans mes cours.

Chapitre 3

*L*UNDI MATIN, début officiel de ma nouvelle vie. Régler mon calendrier à l'an zéro et reléguer les vingt-et-une dernières années dans les nombres négatifs. Je tasse les draps, m'étire et souris à mon reflet dans la télévision au pied du lit. J'ai dormi toute nue, comme les rares fois où Jonathan passait la nuit dans ma chambre. Il avait raison de me trouver belle. Mes seins sont quand même assez gros. Pas comme celles qui se font mettre des implants en se faisant croire que c'est un bon investissement, mais des seins égaux et naturels, ce n'est pas négligeable.

Debout. Je vide le contenu du sachet dans la cafetière et ajoute l'eau de la bouteille qui se trouve juste à côté. Je place l'interrupteur à on. Ça va se mettre à pisser et moi aussi. Je prends une douche. Du savon émane une odeur douteuse. Je me rince à fond pour éviter de sentir trop fort. Tout en séchant du mieux possible mes cheveux avec la serviette, je fouille dans le sac de sport qui contient les quelques éléments que j'ai jugé essentiels d'apporter, en prenant soin de laisser les choses à leur place pour que ça se referme plus facilement. Je trouve des bas, une paire de jeans, quelques hauts froissés puis, finalement, un chandail noir qui convient. Le café sent plutôt bon. Je m'en verse une tasse fumante. Regarde l'heure. J'ai le temps de grignoter un peu. Des restants de cochonneries de dépanneur. Je quitte la chambre.

À ma grande surprise, un brouillard épais envahit les rues. Et on gèle. Je vois à peine l'église de l'autre côté de la route, étouffée par un nuage. Je m'assois au volant. J'étudie rapidement le plan pour me rendre au centre de jour. Je démarre. Monte le chauffage.

Les résidences sont belles. Les gens paraissent vieux. En fait, les jeunes doivent se trouver à l'école, les autres au travail. Ne reste plus que les retraités tôt levés qui affrontent le froid pour préparer leurs parterres. Je repère, comme indiqué sur la carte, une longue maison à un étage qui ressemble étrangement à deux bungalows raboutés en coverlock beige, perdue au bout du chemin, sur la gauche, là où s'arrête net l'asphalte et où la nature sauvage et inhabitée du milieu de la péninsule commence. Pas de voisins proches, à part la crèmerie Arseneault, barricadée pour l'hiver, un peu morte. Fermé jusqu'au 15 juin. Je stationne mon automobile le long de la rue et je descends.

Je frappe à cette porte épaisse, mais personne n'ouvre. Par la vitre à motifs, j'aperçois des ombres qui remuent et le reflet de mon visage dans certains carreaux. Mes cheveux sont encore mouillés. Je pose les doigts sur le métal de la poignée. C'est si froid que les os me glacent d'un coup. J'entre. Une grande pièce, éclairée avec trop de néons. Une table au centre, immense, et des chaises berçantes dépareillées qui longent chacun des murs. À droite, près de la cuisinette, un petit local sombre, des piles de boîtes. Un homme silencieux qui déchiquette du papier. Concentré sur sa tâche.

— Julie ! me lance joyeusement la voix qui doit être celle de Gilles. Content de te voir !

Gilles me présente quelques-uns d'entre eux à la hâte. J'oublie tous les noms à mesure.

— Demain, tu vas commencer à sept heures trente pour être là avant que l'autobus les amène ici.

Ça part plutôt raide. J'arrive à peine et on me parle de la journée suivante.

— Prends le temps de placer ton manteau au vestiaire, Julie.

J'avais dû fouiller une seconde fois dans mes bagages pour saisir quelque chose à mettre par-dessus mon chandail noir tellement l'air était froid à ma sortie de l'hôtel. Mon sac était d'ailleurs resté ouvert sur le siège côté passager, la moitié de son contenu s'étant retrouvé sur le plancher, le long de la portière et même derrière dans les rares espaces libres. Le rangement se trouve sur le mur de gauche, entouré de panneaux d'armoire où est rangé le matériel : « Ici des jeux, ici le bricolage, ici des cartons, la trousse de premiers soins, la laine, ici du tissu et là, le vestiaire », dans lequel j'ai déposé ma veste sur un cintre en broche. Gilles me dit tout trop vite.

Lorsqu'il fait beau, toute la gang va dehors, sinon on s'assoit à la grande table pour dessiner, regarder des revues. Quelques-uns font de l'artisanat avec un tricotin. D'autres s'attaquent à ce qui semble un projet plus simple. Ils attachent des bouts de lainage à une grosse aiguille et fabriquent sur un plastique perforé une image en passant le fil au travers des trous.

Une coccinelle qui s'envole. Mickey Mouse jaune et vert. Ils appellent ça du ti-point.

— Tu dois les aider quand ils veulent changer de couleur, me dit Gilles.

Ça pratique la motricité fine. J'apprivoise les lieux en marchant lentement près de chacun pour observer ses réalisations. Je ressens le calme qui habite la pièce. Ils me fixent tous, bavardent un peu, mais pas comme quand on entre chez les gens pour remplir des évaluations. Personne ne se présente. Pas nécessaire de raconter qui ils sont ou ce qu'ils font dans la vie parce que ça, je le vois immédiatement. Le moment présent. Ils discutent avec moi de la même façon qu'ils parlent entre eux. Et ils ne s'écoutent pas vraiment. Que je leur réponde ou pas, ça change peu de choses, surtout lorsque Jocelyne tente une discussion. Je ne comprends rien. Les autres me traduisent tout en même temps. Une dizaine d'individus qui gèrent le temps qui passe d'une manière différente de ce que j'ai connu. On dirait un gang d'élèves de maternelle à la face ridée. Des enfants calmes. Et polis. Et dociles. Je demande à ma gang : « Comment il s'appelle celui qui déchiquette les papiers ? »

— Lui ? me pointe une petite femme nerveuse qui tique de la tête. C'est Raymond.

Chercher Raymond

Je deviens sourde un moment et mon cœur s'accélère. Comme un vertige. Je me retiens à la table, ma main qui force pour écraser le bois. Je le regarde. Il déchiquette, concentré sur sa tâche. Pourtant. Dans son état, il ne ressemble en rien à mon père. Beaucoup trop vulnérable. Assurément plus faible. Ce silement s'estompe. Les sons redeviennent normaux.

L'homme lève la tête. Il me fixe en plein dans les yeux et une voix rauque se fait entendre.

« Tu sais pas ce que je fais. »

On m'avait dit de ne pas leur tourner le dos.
Que les gens différents, ça fait des choses différentes, mais j'ai appris à vivre avec les écorchures
qui m'ont forgée. Une Julie Tremblay, ça peut
en prendre. Je respire profondément. Ne pas
me laisser ébranler. J'ai envie de vomir, je sors
deux minutes. Sentir l'air frais.

Comme convenu, je passe l'après-midi
à m'installer. Un trois et demi étonnement
propre. Du deuxième étage, par la fenêtre du
salon, on voit la mer. C'est d'ailleurs ça qui
m'a convaincue de choisir cet endroit. Le bleu
du ciel plongeant dans le bleu de la baie.
L'impression d'être seule au monde.

Les armoires sont peintes en blanc.
Les meubles datent de quelques années, le vert
domine un peu trop, mais mon regard se pose
plutôt sur une verdure moins joyeuse. Tout près
de la table, une grande vitre. Comme un cadre
exposant la mort. Le cimetière. On peut presque
lire les épitaphes.

— Tu vas trouver ça tranquille, pas de voisin en arrière. On se croirait dans une maison, c'est bien mieux qu'un simple appartement.

Elle s'appelle Sophie. Une infirmière chic. Je signe le bail.

— Bonne chance ma grande avec les gens par ici. T'es pas une née native, pis ils se gêneront pas pour te le rappeler.

Je suis bien contente qu'elle parte. Son ton condescendant commençait à m'énerver.

Je marche l'aller-retour au moins dix fois entre ma voiture et mon logement pour monter tous mes bagages que je classe au fur et à mesure. J'installe mes draps sur le lit et là, je me dis que j'ai de la chance que ce soit de la même grandeur. J'ai laissé la plupart des choses au hasard. Venir ici sur un coup de tête, pour une fille organisée comme moi, ça nourrit mon sentiment d'insécurité qui se manifeste de plus en plus. Il faut que j'aie fait le bon choix.

Je constate que Sophie a abandonné deux oreillers que je range dans le haut de la garde-robe. C'est meublé mais tout ce qu'il y a dans la chambre, c'est un lit, une table de chevet et une petite lampe bourgogne. J'ouvre le store. Vue sur le stationnement. Je laisse quelques bouquins près du lit. Je lave la salle de bains qui paraît pourtant toute propre. En fait, tout l'appartement est déjà nettoyé. J'ai volé des serviettes à Jonathan. Elles sont presque neuves étant donné qu'il prend souvent sa douche à l'extérieur. Je jette un coup d'œil à mon cellulaire. Pas d'appel. Pas de message. J'ai ramassé deux assiettes, quelques ustensiles et deux tasses dont une d'astrologie qui dit que les Gémeaux sont sensibles, changeants et communicatifs. Bof.

Je croise un homme dans l'escalier qui revient de son travail. Il m'ignore et entre dans le logement à côté du mien. Mon voisin. J'en suis à ma dernière valise, remplie de souvenirs. Des cahiers, des photos, quelques petits objets ramassés depuis la maternelle et dont je n'ose pas me départir. Pour ce que ça vaut. Si tout ça était disparu dans un incendie, je n'aurais pas à les trimbaler. Pourtant, je les conserve. Comme des objets précieux. Qui va les avoir dans cent ans ? C'est le genre de truc qu'on se dépêche à jeter aux vidanges quand ça ne nous appartient pas, mais là, moi, je sais d'où ça vient. Je me rappelle les efforts que j'ai dû mettre pour les obtenir. Une vieille pièce McDo de pirate. On était pauvres, c'était plutôt rare, pour nous, de manger au resto. Une efface multicolore en forme d'abeille gagnée dans un tirage en quatrième année. Un collier à ma mère. Une roche peinte en mauve que j'avais créée pour donner à une fille que je trouvais sympathique, mais elle n'a pas voulu devenir mon amie, alors j'ai gardé la roche.

Puis ça se met à s'engueuler à côté mais tout ce que je perçois au début ce sont des cris. J'entends une ado. Elle a séché ses cours. Sa mère va être fâchée. Que des morceaux, le reste c'est de la musique, je ne comprends pas tout. Ils se demandent ce qu'ils vont manger pour souper. Je m'approche du mur, curieuse. Le proprio a encore téléphoné qu'elle dit et la bière et les cigarettes, ça coûte cher, et là je sais pas, « jambon » je pense, qu'elle a dit. Puis plus rien.

La Sophie, elle m'avait pourtant fait la remarque qu'il s'agissait « d'un bloc tranquille, ma grande ! » Elle se foutait de ma gueule, la conne. J'aurais dû me dégêner et lui faire savoir que je déteste qu'on m'appelle la grande.

Et sans ses talons hauts, l'infirmière, elle ne m'aurait pas prise pour une minable. Elle ne m'aurait pas fixée comme on examine en détail une bête étrange. Je hais sa façon de marquer une pause avant de répondre à mes questions, mais pour ce que ça valait, ses infos, toutes vagues, comme si je devais deviner ce qu'elle voulait dire. Dans sa face, je voyais bien son mépris. Et je n'aimais pas son cul dans ses jeans serrés ni son maquillage de pute. Cette Sophie m'a fait sortir de mes gonds. Je compte les arbres dans le cimetière pour me calmer. Faut que je fasse l'épicerie.

L'homme à la déchiqueteuse

RAYMOND DE CHANDLER, qu'ils m'appellent.

Ils disent ça, Raymond de Chandler, pour pas se mélanger parce que je suis le deuxième. Le premier venait de Maria. Raymond de Maria. Il est mort l'an passé faque il est pas avec nous autres icitte à passer ses journées à voir nos faces d'handicapés. Il a crevé pis si on crève un jour c'est parce que la vie veut plus de nous autres pis là je lui ai dit à la mort qu'elle était mieux de pas venir me voir parce que j'allais la passer dans ma machine.

Ils nous font déchiqueter du papier pour qu'on serve à quelque chose. Pis là, on starte nos machines pis ça fait du bruit, ça écrase le marmonnage à Ginette, mais des fois, elle marmonne tellement fort que je lui crie : « Ferme ta boîte. » Pis Mario, il a ses maudites crottes de nez qu'il joue avec, pis là je lui dis de les arracher une bonne fois pour toutes. Le nez, il doit servir pour respirer, il faut pas que les trous soient bouchés. Moi, j'ai une tête normale. Je leur dis quoi faire des fois parce que, sinon, ils sauraient pas tellement ils ont le cerveau fragile. Ils disent Raymond de Chandler a des idées partout pis des idées tout le temps, pis je me dis qu'ils sont chanceux de m'avoir.

Les boîtes s'empilent le long du mur, pis là ça pue. C'est le papier qu'on déchiquette. Confidentiel. Les documents importants des gens qui savent lire. Qu'on émiette. Qu'on passe dans nos machines bruyantes. Mais moi aussi je sais lire. Je lis le journal, pis ils en disent des choses là-dedans. C'est comme ça que je fais pour tout savoir, pis là je peux donner des idées aux autres parce que les nouvelles, c'est ça que je lis. Je lis les nouvelles le soir avant de dormir, toutes les nouvelles de la journée, pis là je sais c'est qui que la police va pogner. La police, a pogne tout le monde.

Les boîtes sont pleines de vieux dossiers. Les banques les mettent dans leurs ordinateurs à la place des classeurs, pis là ils ont plus besoin du papier qui prend toute la place. Nous, les boîtes de vieux papiers, on les prend pis on fait des petites languettes avec notre machine. J'aime ça, cette job-là.

— Raymond, me dit Mario, j'ai encore des crottes de nez collées dans les narines.

J'arrête ma machine.

— Je t'ai dit de les enlever. Tire dessus parce que moi je donne toujours des conseils à ce vieux Mario qui sait pas comment s'y prendre avec la propreté de son nez parce que sa mère l'a mis dans une autre famille à sa naissance : c'était gênant d'avoir un sale comme lui dans la maison, pis sa nouvelle famille lui a jamais montré comment se décrotter le nez.

— Mais ça me fait mal.

— Eh bien, gratte-toi le dedans du nez avec un stylo. C'est doux pour tes narines, un stylo, à cause de l'encre qui te coule dans le nez.

Il faut servir à quelque chose. Sinon, ça vaut pas la peine d'exister. Quand on parle c'est pour dire quelque chose. Quand on écrit c'est pour qu'on lise. Quand on pense c'est pour qu'on change. Se laver pour arrêter de puer, pour qu'on se fasse sentir bon. Servir à quelque chose pour qu'on se fasse sentir important. Ils disent Raymond de Chandler il est intelligent, lui, il raconte des affaires dures à comprendre.

Les handicapés, ils sont capables de faire des choses aussi, même quand leurs babines crachent des mottons de mots tout mêlés. Même quand ils bougent mal parce qu'ils serrent les doigts assez forts pour étrangler des tites bêtes. Même quand ils deviennent vieux, comme moi, à cinquante ans. Mais quand ils sont jeunes, les handicapés, c'est pas pareil. Les enfants, quand ils sont tout croches, ils sont beaux pareil. Ils en ont pitié, les mamans et les papas : le pauvre petit, c'est platte pour lui. La pitié, oui, c'est ça. Ils font comme si c'étaient des chiens pis moi je suis un vieux chien pu capable de courir après les écureuils. Pis si j'avais quatre pattes au lieu de deux, ils m'installeraient au fond d'un champ, pis ils me pointeraient leur carabine sur le boutte du nez. Là, ils me regarderaient de travers, le doigt sur la gâchette, pis là après le coup de feu, ça en serait fini du vieux chien sale.

C'est pour ça qu'ils nous trouvent des jobs pour pas qu'on pense qu'ils veulent juste nous tirer dessus tout le temps quand on commence à être laitte. Ils nous payent pas cher pour faire ça. Trois piastres de l'heure c'est pas avec ça que je vais m'acheter un manteau de plume d'oiseaux morts. On déchiquette pas assez vite pour avoir plus que nos trois piastres de l'heure. Mais au moins, on est utile. On est de temps en temps autre chose que des morceaux de la chiasse molle qu'ils voudraient flusher. Ils disent Raymond de Chandler il parle avec des mots pas beaux. Ils disent Raymond de Chandler il raconte des affaires qui se peuvent pas. Ils disent on comprend pas Raymond de Chandler de quoi tu parles parce que tu sais lire et que tu lis des affaires trop dures à comprendre pour nous autres.

J'ai vu une belle femme venir ici. Toute petite avec des cheveux qui me font penser à une perruque de Barbie pis des yeux qui te regardent en disant — touche-moi pas, pis des mains avec des ongles qui pourraient me grafigner si je lui disais de le faire. Pis dans son t-shirt, on voit la craque de ses seins quand elle se penche. Je lui dis : « Viens m'aider avec ma machine, Julie. »

Pis là, elle vient m'aider. « Qu'est-ce qu'elle a, ta machine ? » Pendant qu'elle regarde les lames et le papier tout coincé dedans, je vois dans sa craque pis je lui dis : « Moi, je m'appelle Raymond », mais elle fait semblant de pas m'entendre, pis quand elle finit de réparer ma machine, elle dit : « Mets pas trop de papier en même temps. » J'attends un peu, pis là je remets plein de papier.

Julie passe son temps à aller dans le bureau à Gilles pour lui poser des questions parce qu'elle veut savoir vraiment comme ça marche ici. Je lui explique des choses, comme pour les couches.

— Ginette met des couches pour chier des grosses crottes d'adulte dedans, que je lui dis.

Mais elle ne me répond pas. Pas grave, elle va répondre un jour. C'est parce que je lui fais un peu peur, on fait toujours peur aux gens quand ils nous connaissent pas assez.

Là, Julie, je la vois qui vient de trouver Mario le nez tout crotté et qui pleurniche. Elle lui demande ce qui est arrivé.

— C'est Raymond qui m'a fait prendre un stylo. Moi je voulais pas. Mais lui, il a dit que je devais le faire.

C'est drôle, ses narines toutes bleues. Julie est pas contente. Elle lui lave le dedans du nez pis là Mario crie de douleur à cause de toutes ses crottes incrustées.

J'aime ça avoir des idées. Je vais en donner plein à Julie, pis là il faut que je lise plus le journal pour tout lui raconter. Comme ça, elle va me parler plus souvent pis comme je vais lui dire ça en secret, il va falloir qu'elle se penche. Pis là je vais la regarder. Je vais regarder dans son chandail.

Julie va apprendre à me connaître. Elle va savoir que je vis comme ce vieux papier entreposé qui attend de se faire tordre entre les lames de ma machine. Loin des yeux que je dérange. Parce qu'on ne peut pas me laisser traîner sur un bureau, je suis gribouillé. Pas dactylographié.

Percé à la perceuse à trois trous. Pas relié.
Recto-verso.
Avec de l'encre qui coule.

Et des mots qu'on n'arrive plus à lire.

— Julie, que je dis, tu fais mal à Mario. Il crie à cause de toi.

— Arrête ! qu'elle me répond aussitôt, avec sa petite voix aiguë fâchée, mais moi je ne m'arrête pas parce que je la trouve belle quand elle est comme ça.

— Ne panique pas, Mario, que j'ajoute, Julie elle va tout arracher ta peau dans ton nez pis quand elle aura fini, après les crottes pourront pas s'accrocher.

— M'as-tu bien comprise ! que Julie me crie encore. Je veux que tu arrêtes de mettre des idées dans la tête de Mario et de tous les autres d'ailleurs.

Julie est vraiment fâchée après moi. Elle est encore plus belle.

— Pourquoi tu m'appelles jamais par mon nom, Julie ? que je lui demande.

— Parce que tu sais que c'est à toi que je parle, qu'elle me répond.

— Raymond, c'est pas difficile à dire, ça, Raymond.

Julie me fait signe de continuer mon travail, mais quand je repars ma machine pis que le bruit revient partout dans ma tête pis que les papiers se tortillent entre les lames, moi je redis à Julie :

— Tu sais pas ce que je fais.

Pendant que mes doigts saisissent un autre papier pis que la gueule montre ses dents à la victime, j'appends à Julie ce que je fais.

Je leur crève les yeux.

Chapitre 4

*D*ANS MON SALON SE TROUVE UNE
GRANDE BAIE-WINDOW des années soixante-dix
avec deux petites fenêtres coulissantes au bas.
Après les avoir toutes grand ouvertes, je m'assois
par terre, la figure appuyée contre la moustiquaire
trouée et j'attends que la brise de la mer pénètre.
Si légère à mon étonnement. Mes cheveux
dansent à peine devant mon visage luisant.

Je suis couverte de sueur. Les courants
d'air ne rafraîchissent rien. Je ferme les yeux.
Je pourrais tomber inconsciente, la face dans
le carreau, tellement il fait chaud. Je me rappelle
comment c'était étouffant à Montréal sans
l'air conditionné. Mes poumons en souffraient,
mes côtes se soulevant difficilement à chaque
inspiration. Je me réfugiais alors dans un lieu
frais, souvent à la bibliothèque, parce qu'il s'agit
de l'un des rares endroits où je pouvais rester
des heures sans dépenser un sou. Je lisais des
mangas. J'en ai passé des dizaines et des dizaines.

Des héroïnes invincibles. Ça me permettait de m'évader dans un monde où les femmes démontrent de la maîtrise et du courage, tout le contraire de l'exemple reçu de ma mère. J'aurais revêtu ces robes colorées et je me serais fait brider les yeux, teindre en noir, pour plonger dans une existence semblable.

J'agrippe le rebord écaillé du châssis, me relève, me déplace lentement vers la cuisine. J'ouvre le frigo, me verse un grand verre de jus de raisin. Avec de la glace. Beaucoup de glace. Un étourdissement. Je me jette sur une chaise et m'affale sur la table. Le bois est frais. Ça dure depuis quelques jours, ce malaise. J'ai dû perdre cinq livres. On dit que le stress de la ville fait maigrir. Les endroits calmes en font autant.

Une heure au moins passe. Je rampe jusqu'au divan. J'admire la simplicité de la vie, couchée dans l'humidité de mon corps malgré la légèreté de ma camisole. Tout est simple.

J'ai même commencé à sourire à cet étrange bonhomme, dans sa chaise, installé à sa machine. Il m'intrigue. Il invente des histoires impossibles qu'il dit avoir lues dans le journal. Chaque fois que je m'approche de Mario, ce pauvre homme qui met difficilement un pas devant l'autre, silencieux jusqu'à ce qu'on l'aborde directement, tremblant comme un chevreau qui vient de voir le jour, blême et frêle, on dirait un rescapé. Raymond m'accuse de tenter de le blesser. Si je lui saisis le bras pour l'aider à avancer plus vite, j'entends Raymond qui chiale que je vais « lui écraser la chair pis lui casser l'os ». Puis il me regarde en riant. J'ai fini par en déduire que ça devait être un jeu. Sans doute. Que je décode mal. Parce que je ne le connais pas encore. Je déteste son nom, comme un tison qui rallume ma mémoire et qui m'enflamme d'images de mon père. Ça me lève le cœur. Je dois le juger autrement. Faire un effort pour le prendre pour ce qu'il est, inoffensif et dépendant.

Avec cette chaleur intense et le soleil qui essayait de nous cuire la peau, mes huit heures de travail en ont paru quinze. Ce matin, ça parlait fort autour de la table. D'abord, Jocelyne voulait se rendre à la plage, voir la mer, cueillir des coquillages, mais je n'ai rien compris. « Elle veut aller voir la mer, marcher sur la plage », m'a traduit René, mais il a tôt fait de se mettre à crier : « Vas-tu te taire ? », et Jocelyne aussi a haussé le ton et a lancé à tue-tête des sons qui rappelaient de l'eau qui tape sur le sable compacté de la rive. « Vas-tu te taire ? Vas-tu te taire ? » Mais non, elle ne se tairait pas. J'allais exploser. Et derrière tous ces cris, les neuf autres gémissaient en même temps sans que j'en distingue une phrase.

La superposition des voix ressemble à un long hurlement à travers la brume. Le bruit des foules m'agresse. Le tintement des mots, ceux qui s'accrochent en solitaires à mes tympans, les sections décousues des commentaires indéchiffrables. Un brouillard étrange. Isolée dans tout ce canaillage. Ça gruge ma patience. Ça émiette ma concentration. J'arrive à peine à réaliser mes tâches. Ça bourdonne tellement que je m'investis le moins du monde, comme au beau fixe dans le chaos, muette, parce que je sens ma voix si petite. Si petite qu'il faut la taire.

— Julie va venir à la plage avec nous, a décidé Gilles qui a bondi de sa chaise à travers le tintamarre.

On s'est crémé. En fait, je les ai crémés. Partout. Sur leurs visages mous qui aimaient mes caresses en me retournant de légers sourires.

Des bébés ridés. Crémés leurs bras, leurs mains, parce que sans mon aide, ça aurait sérieusement manqué d'uniformité.

Raymond a gémi tout le long et je sentais son regard sur ma poitrine. Chaque fois que je remontais l'encolure de mon chandail, j'entendais un murmure qui ressemblait à « pas besoin ». Sa peau était froide et sèche, plus que les autres. Son visage rugueux, mais ses mains luisaient de propreté. Vraiment blanches. Les ongles bien taillés. J'ai crémé longuement ses mains. Des mains douces pour un homme de son âge. De longs doigts fins qui glissaient dans ma paume.

Ça me contrarie que j'aie aimé ça, comme une pute qui prend plaisir à se faire mettre par un vieux parce qu'il a l'air propre. Une pute qui soudain éprouve le désir d'embrasser à pleine gueule ce bonhomme, sans que ça fasse partie du deal. Comme si ça allait calmer le sentiment d'insécurité. Chasser ces images immondes.

Puis on a marché lentement jusqu'à la mer. Raymond bougonnait. Lui, le sable, ça ne l'excite pas. Je l'ai accompagné pendant l'aller.

— J'aime ça quand tu t'occupes de moi, Julie, parce que t'es belle, qu'il m'a dit, et parce que je peux te surveiller pour pas que tu pousses Mario devant une automobile.

— Je ferais jamais ça, que je lui ai répondu.

— Moi, je pourrais le faire et puis dire à tout le monde que c'est de ta faute.

— Et pourquoi tu ferais ça ?

Il a continué à argumenter comme s'il ignorait ma question. « On est jamais mieux servi que par soi-même, alors quand tu voudras te débarrasser de Mario, t'auras qu'à le pousser toute seule. Un petit coup derrière les jambes, c'est pas grand-chose. C'est pas violent. Un petit coup de pouce, Julie, tout le monde aime ça. »

Je me suis imaginé pousser Raymond devant une auto. Juste un petit coup. Un petit coup de pouce. Pour le libérer de son existence de misère. C'est vrai que la relation de Mario avec la vie laisse à désirer. Il la regarde de travers, ignorant quoi faire du temps qui passe. Et toutes ces crottes de nez qu'il a, ça semble l'embêter terriblement.

Sans doute qu'une auto pourrait lui rouler dessus et je ne sais pas si je pourrais appeler ça un drame.

La sortie à la plage s'est bien déroulée. On a enlevé nos souliers, on a mis les pieds dans l'eau. C'est ce que je devrais faire, justement, aller m'étendre sur le sable jusqu'à ce que les vagues me noient les cheveux et jeter mes larmes dans la baie plutôt que sur les motifs de mon divan. Mon cœur est tordu. La solitude m'a rattrapée.

Je m'ennuie.

Docteur Brown et moi

J'AI AIMÉ ÇA, aller à la plage avec Julie parce qu'elle est restée proche de moi tout le temps pis là, elle me collait presque. Mais je lui ai fait penser le contraire en lui disant des choses qui la fâchent. Elle est belle, Julie, et un jour elle va peut-être me connaître assez pour m'aimer, faque là, moi, j'attends pis je lui raconte plein de choses. Je la travaille sans qu'elle s'en rende compte pis je lui fais changer les idées. Je suis patient comme toujours. J'attends. On est toujours en train d'attendre.

On attend de sept heures quarante-cinq à quinze heures cinquante-sept, dans cette bâtisse rectangulaire, isolée, beige, couleur laide, ça fait vomir, des fois, les couleurs pas belles. Moi j'aime pas ça. Le beige, ça sert aux vieux, mais aussi pour tout ce qui est sale. Tout ce qui se ternit. Tout ce qui se décompose. Du blanc jauni par le temps, c'est comme du beige, pis ça m'écœure. Ils en ont mis plein les murs. Ils devraient repeindre toute la bâtisse pour qu'on se sente moins enfermés de sept heures quarante-cinq à quinze heures cinquante-sept. J'attends toujours. Pas facile. J'attends avec le bruit de fond de Jocelyne. On comprend rien quand elle baragouine ses histoires de plage, de sable, de mer pis de coquillages. Jocelyne embête tout le monde. Quand tu sais pas parler pis que toutes les lettres se ressemblent lorsque tu les dis, ben tu les dis pas. Tu les gardes dans ton estomac comme dirait René quand il finit par se fâcher après Jocelyne. *Garde tes mots dans ton estomac.* Il lui crie ça depuis que quelqu'un lui a dit de ravaler ses paroles. C'est acide, dans un estomac, que j'ai lu dans le journal, dans un article scientifique parce que moi, je sais lire, c'est mon père qui m'a montré comment parce qu'il ne voulait pas que je sois un cabochon qu'il disait. L'acidité dans l'estomac, ça fait que quand on avale nos paroles, ça déforme les lettres pis là, Jocelyne dit juste des m, des r pis des t. Des consonnes qui se taponnent dans sa gorge. Ça sort en mottons. Et ça écœure tout le monde, ses râlements de sable, de plage pis de mer pis de coquillages. Ils veulent en finir, Jocelyne, avec ton articulation décomposée. Ils veulent pus la savoir, l'envie que t'as d'aller sauter dans l'eau de la Baie-des-Chaleurs.

J'ai aimé ça, notre sortie à la plage, pas juste parce que Julie était là. C'est parce que j'ai donné une bonne idée à Jocelyne pour régler son problème de parlage. Sur les bancs et sur les couvercles des poubelles, il y avait des crottes de goélands partout. J'ai dit à Jocelyne qu'à la plage, y'a pas juste du beau, mais aussi des oiseaux qui chient partout.

— Jocelyne, il faut que tu ramasses le caca quand tu en vois si tu veux que la plage soit belle comme dans tes rêves.

J'aimais ça m'imaginer qu'elle se mette une crotte sur la langue.

— Gratte les chiures, ma charognure !

Je voulais vraiment la voir croquer un gros morceau de cette cochonnerie-là.

— Il faut enlever les crottes sur les bancs avant de s'asseoir. Crache dessus pour les faire toutes partir, ces cochonneries de cul de bibittes à plumes.

Jocelyne était capable d'en manger. Il fallait juste choisir les bons mots pour la convaincre, pis là, elle mettrait une crotte d'oiseau dans sa bouche.

— Si tu aimes vraiment la plage, Jocelyne Cendrillon, mange les crottes ! Avale tout. La partie surélevée faite sur le long qui ressemble à une grosse crotte de nez. Les morceaux noirs. Mange les crottes comme si c'était des œufs. Du jaune d'œuf, Jocelyne.

Du jaune d'œuf. Il faut manger les œufs des oiseaux pour qu'ils arrêtent de se reproduire pis de chier partout sur toutes les choses. Ils disent ça, les spécialistes des oiseaux. Détruisez leurs œufs pour que les mouettes disparaissent. J'ai passé quelques minutes à observer mon écœurante qui sait pas parler mettre les morceaux de caca entre ses dents et mastiquer.

Elle aime encore la plage, Jocelyne. Pis le sable. Toujours. Pis la mer. Pis les coquillages.

— Julie, Jocelyne mange des crottes, que je lui ai dit.

Ses petits yeux bleus qui disaient touche-moi pas, là, ils me disaient je te crois pas.

— Tu devrais la surveiller un peu plus, que j'ai dit à Julie.

C'est parce que Jocelyne avait fini de tout avaler. Les preuves étaient disparues.

— Julie, que j'ai rajouté, je pourrais la convaincre d'en manger une autre si tu veux.

Julie m'a mis au défi, alors j'ai demandé à Jocelyne de nettoyer une autre poubelle, pis elle a gratté fort avec le bout de ses doigts pas d'ongles pour ramasser un morceau de caca. Elle n'a pas eu le temps de le mettre entre ses lèvres que Julie lui a saisi la main pis là, elle m'a regardé avec des yeux vraiment méchants et elle était tellement belle avec ces yeux-là tout ronds et sa couette de cheveux dans la face. J'en ai profité pour lui dire un mot réconfortant.

— Gilles va pas être content, Julie. Tu laisses faire des choses pas propres à Jocelyne. Tu vois, je t'avais pas menti. Mais on peut garder le secret tous les deux, Jocelyne elle va rien dire, elle peut pas parler.

Pis là, Julie m'a chuchoté que c'était mieux qu'on garde ça entre nous deux. Je savais bien qu'elle comprendrait qu'on peut former une bonne équipe.

Quand j'étais petit, mon père me trouvait dur de comprenure, alors il m'amenait chez le psychiatre à Montréal. On faisait plusieurs heures de route dans la camionnette à mon père, un vieux D150. Mon corps était toujours coincé entre les gros jambons à ma mère pis les bourrelets à mon bedonnant de père. On manquait de place parce qu'ils étaient trop gros. J'étais toujours en train de me tasser les jambes déjà écrasées sur le bord du banc chaque fois que mon père embrayait la deuxième vitesse de la camionnette. Ça me faisait des bleus sur les jambes que je bougeais pas assez vite parce que j'étais trop jeune pour savoir quand il allait changer de vitesse. On se perdait toujours en arrivant à Montréal, ce qui obligeait mon père à utiliser très souvent cette maudite vitesse-là qui m'écrasait les jambes. On avait le cul collé sur le banc de plastique beige pâle. Mon père disait que c'était du cuir mais « tu voé ben que ça respire pas, on vient les cuisses tout trempes », lui répondait ma mère.

Je me rappelle une fois spéciale avec monsieur Brown... oui, pardon maman, docteur Brown... où on est passés tous les trois à son bureau.

— C'est pas facile de trouver votre bureau, docteur Brown, mon mari est bon rien pour conduire dans la grand'ville, dit ma mère pour excuser notre retard.

— Vous avez moins de rues en Gaspésie, dit le docteur Brown. Ça n'a pas été trop difficile de vous stationner ? demanda-t-il à mon père, sans savoir qu'il avait accroché la voiture d'en arrière pendant que ma mère qui chialait déjà en remettait.

« T'aurais pu te parker plus loin au lieu d'arculer ça dedans », que j'entendais dans mon oreille droite, pis des « je savais » au moins deux ou trois fois dans ma même oreille. Des « ça va coûter une fortune » pis des « on n'avait pas le moyen de faire un accident icitte à Montréal ». J'entendais ajouter : « En plus, on est en retard, j'haïs ça être en retard. »

— Non, docteur, répondit mon père au docteur tandis que dans mon oreille gauche il criait : « Veux-tu conduire, bonguienne ? »

C'est un bureau carré, le bureau au docteur Brown. Pis le docteur Brown, il est pas très beau et un peu rond et bas-du-cul. « C'est pas très beau pour un docteur d'la grande ville » que j'entendais dans mon oreille droite, coincé dans le pick-up Dodge.

— Raymond, la dernière fois qu'on s'est vus, j'ai demandé à ce que ta mère arrête de faire les choses à ta place, commença le docteur Brown. Y a-t-il eu un changement ?

— Oui, oui, a répondu ma mère.

— Des exemples, Raymond ? demanda le docteur.

— Il fait son lit tout seul.

— Mais c'est jamais à son goût, docteur, que j'ai répondu. Est-ce que je pourrais vous parler juste vous pis moi, docteur Brown ?

« Oui » qu'il m'a dit, pis mes parents sont sortis, ma mère toute stressée dans ses vêtements jaune foncé, pis mon père dans son habit de mariage, « on va pas s'attriquer en colon pour aller chez le docteur ». S'est sûrement fait chicaner encore à cause du bumper brisé.

— Pourquoi ça existe, les nouvelles avant de se coucher ? Messemble que ça fait peur pis ça m'empêche souvent de dormir parce que ça me met plein d'images dans tête pis là, quand j'en parle à maman, elle me dit de jamais répéter ça à personne parce qu'ils vont dire que je suis fou, que j'ai raconté au docteur.

Il écrivait dans son calepin mais j'étais pas capable de lire à l'envers, je sais lire, mais pas quand les m se transforment en w.

— Là, maman m'a interdit d'écouter les nouvelles le soir mais je reste réveillé pour pouvoir entendre le son de la télévision, c'est plus fort que moi. Là, toutes les nouvelles me rentrent dans la tête pis je fais des cauchemars.

Le docteur m'a laissé parler. Il m'a prescrit des pilules pour que je puisse m'endormir avant les nouvelles. Comme ça, j'arrêterais d'avoir peur. Je me suis mis à aller beaucoup mieux.

J'ai bien dormi pendant des années parce que ma mère me faisait prendre mes pilules chaque jour à la même heure exactement en organisant toutes nos sorties pour que ça fitte avec l'horaire de mes médicaments. On n'a plus revu le docteur Brown parce que ma mère avait peur qu'on soit recherchés à Montréal. De toute façon, j'allais beaucoup mieux. J'avais presque plus l'air étrange.

Quand ils ont ouvert ce centre pour handicapés, mes parents sont partis de Chandler pour que je puisse y aller dans le jour parce que ma mère trouvait ça fatigant de toujours m'avoir dans les jambes. J'ai bien dormi jusqu'à l'année passée quand mes parents sont morts, ma mère en premier pis mon père tout juste après parce qu'il avait jamais appris à vivre tout seul. Là, j'ai changé mes pilules pour le journal. C'est plein d'images comme à la télé, des feux, des accidents pis des vieux bonshommes importants. Ça me fait m'endormir. Pis là, je vois les gens que je connais faire des choses pis je peux les avertir de faire attention pour pas se faire prendre parce que la police va venir les pogner. Ils vont les mettre dans des cages de prison pis ils pourront plus jamais sortir de là. Je le sais parce que je lis tout dans le journal.

Chapitre 5

*M*ON CELLULAIRE SONNE EN PLEIN MILIEU DE LA NUIT, en plein cauchemar où je me trouve dans une grande maison et des chiens jappent. Tentent d'entrer. Je me cache dans un coin. J'aperçois une porte ouverte. Je change de pièce, mais j'entrevois soudain des fenêtres qui pourraient laisser passer les bêtes. Le sous-sol. Vite le sous-sol. J'essaie de courir. Les escaliers. J'en avais pourtant vus plus loin. Il devient si long, le corridor. Et ce bruit de téléphone qui vibre martèle mes tympans.

— Madame Tremblay, je suis le docteur Banville de l'Hôpital du Sacré-Cœur. Votre mère a été admise hier soir à l'urgence et son état s'est gravement détérioré.

Ma mère ?

— Je comprends que vous êtes très loin de l'hôpital. En ce moment, nous la maintenons en vie artificiellement.

Artificiellement ?

— Quelqu'un attend le cœur de votre mère, madame. C'est plutôt urgent. J'aurais besoin de votre consentement pour effectuer le don d'organe.

D'organe ? Son cœur ? À quelqu'un d'autre ?

— Votre mère a mis fin à ses jours avec une arme à feu. Elle est totalement inconsciente et les dommages au cerveau sont trop importants pour envisager de prolonger sa situation. Vous devez me donner votre accord.

Mon accord. Elle ne m'a pas demandé mon accord pour se tirer une balle en pleine face.

— Nous devons procéder dans les minutes qui viennent.

Les minutes qui viennent. Je regarde mon cadran. Quatre heures treize.

— Oui, que je dis.

Chapitre 6

ÇA VA BIENTÔT FAIRE CINQ MOIS que je travaille au centre. L'automne s'en vient. Les journées rafraîchissent de plus en plus. Les touristes abandonnent le pittoresque pour retourner à leur quotidien. Souvent, le matin, on se perd dans l'épaisse ouate qui enveloppe le paysage, comme pour nous isoler, nous confiner dans une bulle pas très grande. Pour se détacher de ce qui se produit juste à côté de nous.

Ils ont incinéré ma mère à ma demande, quelques jours après que le docteur m'ait réveillée en pleine nuit. J'ai passé de longues minutes au téléphone avec la dame du salon funéraire. Elle m'a fait choisir une urne, en me laissant savoir que parfois il faut y mettre le prix. Étrangement, je pensais à mon père, et je l'imaginais en cendres, enterré dans un vieux pot de beurre d'arachides et ça aurait suffi pour lui. Puis il m'a fallu décider d'un mot pour le faire-part. Pour mon père, ça aurait été plutôt simple, quelque chose dans le genre : « Il a bien fait de crever, le chien sale, n'envoyez pas de dons pour un détraqué comme lui ». La dame du salon funéraire m'a demandé une photo de ma mère et la seule que je possédais se trouvait dans ma petite boîte de souvenirs que je conservais pour mon usage personnel. Une photo prise avant que je naisse. Ma mère, toute belle, les cheveux bien coiffés, un large sourire, son visage droit. Je n'ai jamais vu ma mère aussi resplendissante, sinon sur cette photo. De grands yeux brillants. Des yeux vivants. Sa tête parfaite. Qu'ils avaient brûlée pour qu'elle entre dans l'urne.

J'ai fait entreposer ses choses. J'irai visiter ses cendres un jour. Je lui écrirai un mot d'amour. Après tout, son cœur vit dans quelqu'un d'autre. Ce n'est pas comme si elle était complètement disparue.

René crie des paroles étourdissantes pour tenter de faire taire Jocelyne qui hurle aussi. Le bruit partout dans la bâtisse. Et Mario qui se pense invisible.

— Lâche tes gencives, que j'interviens.

On devrait lui mettre des gants parce qu'il saigne de la bouche à force de se la gratter avec ses ongles.

La grosse porte de bois derrière le local donne sur un terrain rocailleux qui sert de terrasse et aux loisirs extérieurs. On a joué tout l'été à la pétanque, aux fers, aux poches, enfin à ce qui se lance pas trop fort et pas trop loin. Ils appliquent chaque règlement à la lettre. Cette faculté étrange de l'humain d'apprendre les règles doit venir de la peur de la punition. Le sentiment de justice, ça ne me dit pourtant rien. Je comprends mal pourquoi ils me font tout mesurer. Pour moi, c'est juste un jeu, mais pour eux, impossible de passer outre. Alors je fais comme ils veulent.

— La pluie, c'est des larmes, marmonne Raymond derrière moi.

— La pluie, c'est juste de l'eau qui tombe du ciel, que je lui réponds.

— Non. C'est des larmes. Les larmes du monde qui pleure. Je l'ai lu dans le journal. Un article scientifique. Le monde qui pleure, ça nous tombe drette dessus, Julie. Ça dégoutte sur nos têtes, toutes les larmes du monde triste. Tu peux pas t'en échapper, Julie. Pis là, ça tombe sur moi aussi. Pis sur les autres !

Installés autour de la grande table, on fabrique des colliers. Si la pluie c'était les larmes des gens tristes, il pleuvrait sans arrêt.

On possède une caisse pleine de matériel. Chacun a droit à un petit bout de ficelle et à une tasse de perles en plastique multicolores. Les filles utilisent souvent les blanches, les bleues ou les roses. La plupart des gars montent leurs colliers de n'importe quelle couleur.

— Essaie donc d'autres couleurs, que je dis à Raymond.

— Non, Julie. J'aime ça, le rouge.

— Moi aussi, je veux juste des rouges, Julie, a décidé René. Donne-moi-z-en.

— On alterne les couleurs, les gars. Ça va être bien plus beau, que je lance sans trop de conviction parce que ces choix m'importent peu.

Vers les douze ans, j'en fabriquais, des colliers. Avec beaucoup de méthode. Je répétais toujours les mêmes suites, jusqu'aux trois dernières perles que je choisissais pour qu'elles ne s'agencent pas du tout avec le reste. On a beau tenter d'organiser toutes les choses sur lesquelles on exerce du contrôle, à la toute fin, la vie se charge de détruire nos efforts.

— Rouge comme le diable, Julie, ajoute Raymond. Rouge comme Satan.

Je me fâche et ma voix s'emporte. Je me surprends à être en train de leur crier par la tête : « Y'a personne qui va avoir des perles rouges !»

— C'est pour te le donner, mon collier, Julie. Ça va bien t'aller, le rouge, dit Raymond.

— Si c'est pour moi, alors fais-le rose.

Je déteste le rose.

Mais ça calme, le rose.

On fabrique des bijoux dans l'humidité, les ficelles entremêlées dans les conversations solitaires, le bourdonnement des phrases et les mots perdus qui résonnent et se diffractent dans toutes nos oreilles. Tout le reste de l'après-midi, les larmes déchaînées de la pluie froide d'octobre ont délavé les vieux cailloux de la cour arrière.

— La police va venir te chercher, Julie, me dit Raymond. Je l'ai lu dans le journal. Pis je t'ai vu mettre un chat mort sur le perron. La police est pas contente.

Raymond avait raison. Gilles m'a raconté ce matin que le chat de la zoothérapeute avait été retrouvé éventré devant la porte d'un agent de police.

Il s'appelle Frédéric, cet agent de police, et je l'ai croisé dans l'escalier du bloc ça fait déjà un peu plus d'un mois. « Vous êtes nouvelle dans le coin ? » J'avais répondu oui. Présentations. Sourires. Ça m'intimidait. Je lui ai dit que les voisins étaient plutôt bruyants. « Faut pas te gêner pour appeler quand ça dérape, c'est des clients plutôt réguliers. » Je comprends ça.

Je n'ai pas eu besoin de joindre les services d'urgence, les autres locataires s'en sont chargés.

On a frappé à ma porte. Je lisais un bouquin que j'allais abandonner sous peu, ça devait faire dix pages que je reprenais sans jamais saisir leur contenu. « Bonjour, Julie ! Je passais voir si tout allait. » « Oui, ça va. » « Ça sent bon chez vous. » J'invite Frédéric à entrer. Nouvelle vie si loin, il faut prendre des décisions folles. Je n'aurais pas fait ça par le passé. « Un café ? » « Oui, merci. Même s'il fait un peu chaud. » Il me questionne sur mon travail. Ça me fait terriblement de bien. C'est reposant, quoique parfois, c'est tout le contraire ! Il est tellement beau lorsqu'il rit. « T'es patiente. C'est pas donné à tout le monde de travailler avec des gens comme eux. Souvent, on prend ça très personnel et ça a tendance à affecter le moral des intervenants. T'es-tu fait des amis pour jaser en dehors de ton travail ? » « Pas vraiment. Je suis ici depuis quelques semaines seulement. » Le café est bon, meilleur que d'habitude. Il le prend noir, moi je le bois avec beaucoup de crème. L'intensité de son regard me disait que ce serait lui, mon ami avec qui discuter, celui qui me permettrait de décompresser. Il s'est mis à frapper à ma porte tous les deux ou trois jours. « C'est pas mal tranquille, les calls, j'aurais le temps de souper, oui. » Sa présence était toujours agréable et chaque fois, il restait plus longtemps. Puis il est arrivé plus tard un soir alors que ça avait sérieusement brassé à côté. Les flashs des ambulances miroitaient sur toutes les vitres en bas du bloc. « On a dû embarquer ton voisin, il était trop intoxiqué. J'ai terminé mon shift, faut que j'aille porter l'auto au poste. Est-ce que je peux revenir te voir ? » « Avec un film, pourquoi pas. Je te laisse choisir. N'importe quoi. »

J'aime quand il passe sa main dans mes cheveux parce qu'il le fait avec douceur. Jamais de mouvements brusques, que des intentions délicates. « J'aurais jamais pensé rencontrer une fille de la ville aussi charmante et dévouée pour les autres. Je vous percevais toutes comme des louves solitaires, des grincheuses asociales ou encore des égocentriques matérialistes. T'es rien de tout ça, Julie. T'es attentionnée, réservée. T'as beaucoup d'écoute et c'est ça qui me donne le goût de passer du temps avec toi. » On n'était pas clairement un couple, mais c'était ma première expérience aussi proche d'un homme de toute ma vie. Et ça me faisait plaisir. « Tu devrais venir chez moi, je vais te cuisiner le plat de ton choix. » « Peut-être plus tard. Je me sens bien ici. Ça me réconforte d'être dans un lieu connu, tout est nouveau pour moi, je veux au moins posséder l'avantage du terrain. »

Raymond est un type étrange. Parfois, on a l'impression que ce qu'il dit est absurde, d'autres fois ses paroles nous traversent de bord en bord tellement elles paraissent justes. Et dites spécialement pour nous. En plein cœur.

Arthur, c'est le nom du petit chat de zoothérapie que Jeanine nous a présenté il y a quelques jours. Ses yeux globuleux fixaient chacun de nous avec une expression différente. Quand je l'ai pris, ni la douceur de son pelage, ni le roux et le noir qui séparait son museau en deux, ni sa crinière toute blanche ne m'ont interpellée autant que ses yeux. Je ne voyais rien que du noir et au centre, le reflet du visage d'une femme qui ne se reconnaissait plus. Ma mère aussi a dû regarder dans l'œil d'un chat. Elle a dû apercevoir la loque qu'elle était devenue, forgée ainsi par un trou-du-cul. Et les plombs ont sauté.

J'ai déposé Arthur dans les bras de Raymond qui hésitait à le prendre. Je trouvais Raymond très maladroit pour tenir le chat, pourtant si petit.

— Du contrôle ? Tu crois que je ne peux pas venir à bout d'une petite bébitte de même ? me lança froidement Raymond.

Un chat, ça n'aide personne. C'est doux. Et alors ? Ça existe, les couvertures douces et on n'en fait pas un plat. J'ai du mal à comprendre la fascination pour la beauté de la vie. On tente de nous faire croire que le monde, c'est tout doux, tout chaud, tout simple et inoffensif comme une petite boule de poil qui ronronne et qui gigote dans le creux de nos mains.

— Le monde, c'est pas toujours aussi noir que tu penses, Julie, me dit Raymond. Pis là, à force de rejeter les tites bêtes de même, ton cerveau va se changer en vieille huile toute crasseuse. J'ai vu la police dehors. Ils vont te pogner si t'aimes pas les chats plus que ça. Parce que le petit chat, lui, il t'aime.

Raymond m'a lancé l'animal pour que je le reprenne, mais j'ai sursauté et Arthur est tombé par terre. Jeanine s'est ruée pour le ramasser et pour évaluer la santé de chacune de ses pattes fragiles comme si un bébé s'était écrasé sur le plancher.

— Oui, c'est délicat comme un bébé de deux mois, m'a répondu d'un ton sec la zoothérapeute.

Elle semblait inconfortable à l'idée de nous laisser son Arthur pour la semaine, comme c'était entendu. Dans son attitude méfiante, je décelais des envies de le ramener chez elle pour qu'il soit bien nourri, bien caressé, bien dorloté. Raymond me fixait : « Le ti-chat, Julie, le ti-chat, tu dois être gentille avec », et ça sonnait pareil aux avertissements de Sylvianne.

On trace de très longues lignes dans le sol de la vie. Le chemin que l'on suit. Comme les rails d'un chemin de fer. Dans sa calotte, on accumule les inconforts du quotidien, nos délinquances petites et grandes. Et l'on creuse des sillons en s'enfonçant dans le sable, comme si le diable par en dessous nous tirait dessus.

J'ai eu une semaine de cul. La pluie, le foutu chat, et finalement mon patron qui devenait de plus en plus solitaire et inutile.

— Julie, l'ordinateur du bureau, c'est pas pour tes recherches personnelles, m'a lancé derrière moi le directeur du centre.

— Je me posais des questions sur les gens ici, que j'ai répondu. On peut pas dire qu'on sache grand-chose sur leurs maladies.

— Si t'avais voulu être infirmière, t'avais qu'à aller travailler à l'hôpital, a rétorqué Gilles. On s'occupe pas des médicaments, on s'occupe du social.

Il s'est penché sur mon épaule pour regarder l'écran.

— Psychopathe. Ton stage t'a mise sur les nerfs. Inquiète-toi pas. Ils sont simplement un peu lents et peu importe comment ils parlent, y'a personne de dangereux ici.

On ne connaît jamais vraiment les gens.

Des tonnes d'images.

Des cascades de souvenirs de mon père si grand qui tombent à pleine face drette devant la mienne, à travers mes yeux même quand je les ferme.

Mon père saoul qui titube en avançant vers ses conneries.

Ses mains surtout.

Plus grosses dans mon imagination que dans la réalité.

Y'a juste quand je travaille que ma vie s'arrange avec la vie pour me faire oublier que j'ai été toute scrappée. Mais il y a des jours comme aujourd'hui où chaque heure est pénible. Si je me garde occupée, l'envie diminue. L'envie de tout virer de bord parce que je me sens trop brisée pour fonctionner.

Massacre sur le perron

*P*IS LÀ, JE LUI AI DIT : « Les polices vont te pogner, Julie », mais elle a pas voulu me croire avec son petit sourire qu'elle a de moins en moins parce que la tristesse, c'est pas drôle pis là, elle a attrapé ça, je pense. Dans le journal, ils ont tout mis. Des photos. Des indices. Moi je répète à Julie tout ce que je lis. Ils ont parlé du nouveau policier, celui qui vient souvent manger de la crème molle, pis là, il regarde Julie d'une drôle de façon. « La police veut te pogner, Julie » que je lui répète tout le temps. C'est l'agent Landry qu'ils l'appellent. Ils ont montré Arthur le chat, tout écrapouti sur le perron de la police. Le chat très doux. Mais avec le sang séché dedans son poil, c'est plus doux du tout.

Ils ont montré toute la carcasse du chat. Quelqu'un a planté des coups de couteau à patate dans le corps d'Arthur. Ou peut-être aussi que c'était des coups de ciseaux. Ou des déchirures de coupe-ongles. Le sang qui gicle partout, ils ont montré ça aussi. Sur sa robe et sur ses seins. Qui dégouline dedans ses mains. Ils vont la pogner, la criminelle avec la robe, c'est sûr. Les polices, ils pognent tout le monde.

Ils ont écrit comment elle s'enrageait en faisant saigner la bête parce que, quand elle était petite, on la laissait traîner dans les coins poussiéreux d'une vieille maison pourrie avec des souris, pis là, si elle avait eu un chat, il aurait pu manger les souris et elle aurait eu moins peur. Elle crève les yeux au chat. Ses yeux noirs qui nous regardent les bibittes qu'on se cache en arrière de la tête pour pas les avoir dans la face. Elle a éventré le chat. Pour ne pas s'éventrer elle-même. Ses yeux, ils ont été crevés tellement creux qu'ils n'existent plus. Personne pour voir qui a fait ça. Pis là, l'agent Landry se réveille, il s'habille avec son uniforme de police pis se réchauffe un restant de café laissé dans sa cafetière. L'agent Landry boit du café juste pour se réveiller. Il dort mal parce qu'il passe la nuit à penser à Julie toute nue dans son lit avec lui pendant qu'il est tout seul parce qu'il l'a vue l'autre jour manger de la crème molle pis moi, ça m'a fâché que quelqu'un d'autre trouve que Julie est belle. Ils ont écrit ça aussi dans le journal, l'agent Landry qui met ses mains sur les seins à Julie. Ses seins que j'ai vus. Et l'agent Landry met ses bottes de policier, sa casquette de policier, son manteau de policier et il sort de chez lui, ne regarde pas par terre, il regarde juste son trousseau de clés pour chercher celle qu'il prendra pour barrer la porte de sa petite maison pleine de vieux tapis orange et brun.

Sur son perron, l'agent Landry met un pied sur le cadavre du chat pis là, il glisse dans le tas d'os qui pètent sous sa grosse botte. Il est surpris que ça soit coulant dehors parce que c'est pas tout à fait l'hiver encore. Il reprend son équilibre en se retenant à la porte de sa maison. Il ne sait pas que c'est Arthur parce que ç'a pas l'air d'un chat. Il aurait pensé que c'était juste un animal mort, mais quand il a su que c'était des coups de couteau qui avaient mis le chat dans ce sale état, l'agent Landry a compris qu'il devait faire une enquête parce que c'est de la cruauté envers les animaux pis lui, il aime les chats autant que Jeanine les aime aussi.

Pis là, ils ont ramassé le chat et ils l'ont mis dans un sac. Julie m'a beaucoup questionné sur ça parce qu'elle, elle n'a pas lu le journal;

alors moi, j'ai pu lui donner les réponses de la journaliste.

Julie me demande s'ils vont arrêter Jeanine.

— Tout ça est sous enquête, selon les policiers.

Elle me demande ce qu'ils ont dit.

— On a interrogé la propriétaire de l'animal, dit l'agent Landry à la journaliste.

Pis là, elle me demande si je sais pourquoi le chat a été déposé sur le perron de l'agent Landry, mais Julie, elle l'appelle pas comme ça. Elle dit Frédéric.

— On ne prend pas ce geste pour une menace. Pour le moment du moins. Nous n'avons aucun suspect, l'enquête est toujours en cours.

Julie semblait s'en foutre un peu quand même, malgré toutes ses questions. Jeanine, il va lui falloir un nouvel animal pour s'autothérapiser, un beau petit chien pas encore égorgé pour lui faire oublier Arthur l'effoiré.

C'est comme ça chaque soir. Dans les journaux, j'aperçois les gens que je connais. Ils font de mauvaises choses. Chaque fois de nouvelles idées jamais bonnes. C'est comme pour le cimetière. J'ai raconté ça aussi à Julie. Quand les gens meurent, on les enterre creux dans la terre pour pas qu'ils puissent sortir si jamais ils se mettaient à se réveiller. Embarrés dans des grosses boîtes pis enfoncés dans le sol, c'est plus sécuritaire pour nous les humains qui veulent pas se faire attaquer par des squelettes dans notre sommeil.

Mais l'autre jour, des gens ont eu besoin d'un doigt mort. C'est ça que j'ai raconté à Julie, mais là je lui ai dit de pas dire ça à la police. Que c'était juste entre nous deux. Pis là Julie, elle m'écoutait. Ils ont montré comment c'était vraiment creux le fond de la tombe, c'est le genre de chose qu'on ne peut pas faire tout seul. Une jeune passait par le cimetière le soir très tard pis elle a vu un vieux avec une pelle pis là le vieux lui a donné la pelle. La jeune, elle s'est mise à creuser pis le vieux monsieur juste à côté l'encourageait : « Ça va te faire un beau morceau », tandis qu'elle continuait de creuser. Elle était chanceuse de faire son trou dans du sable parce que sinon des fois la terre, c'est trop solide pour une petite pelle menée par des bras pas trop forts.

Le monsieur, lui, il était dans son fauteuil roulant, alors il pouvait pas l'aider. Il se contentait de lui dire comment faire le travail comme il faut : « C'est six pieds sous terre », et ça l'aidait beaucoup, mais comme elle mesurait moins que six pieds, la fille, un moment donné, le vieux monsieur s'est mis à lui voir juste le dessus de la tête pis là la terre déboulait dans le trou pis c'était difficile de se rendre au cadavre parce que chaque pelletée de terre était pas suffisante pour débarrasser le sable qui retombait dans le trou : « C'est juste un petit doigt qu'il nous faut, alors c'est pas nécessaire de creuser jusqu'à sa face. »

Ils ont fini par toucher le cercueil garanti plusieurs années pour pas qu'il pourrisse pis là y'a eu un bruit qui a fait grimacer le bonhomme. Ils ont pas pensé à ça, le vieux et la jeune, que pour faire un trou là-dedans, ça prend des outils. « Je te pousse une grosse roche », qu'il a crié, le vieux, pis il a poussé la pierre tombale de Randy Howatson 1924-2014 dans le trou, le doigt devrait être assez frais, pis là ils ont entendu un grand boum pis la fille a crié : « T'es fou, j'ai failli le recevoir en pleine face », pis il a dit : « Est-ce que le cercueil est ouvert ? », pis là, elle a répondu : « Non, mais il y a une bonne craque. »

Avec sa pelle, elle a réussi à agrandir le trou grâce au bon coup de la grosse roche à Randy. Ils ont montré comment c'était percé au bon endroit, en plein milieu, juste au-dessus de ses mains. Randy se reposait dans un sac que la fille a déchiré avec son couteau de poche. Une senteur est sortie du sac, pis là, le vieux a pogné mal au cœur pendant que la jeune a fait une grimace, mais on aurait pu penser que c'était un sourire.

Peut-être que c'était ça. La fille a saisi l'index de Randy pis elle l'a tordu jusqu'à ce que les restants de chair déchirent pis que les tendons arrachent pis le peu de peau dégoulinante est tombé comme quand on ôte la pelure d'un légume bien cuit, pis là, son ongle aussi est tombé : « Ça prend l'ongle pour que ça ait l'air d'un doigt », que le vieux a dit. La jeune a ramassé l'ongle avec le doigt, pis là, il fallait qu'elle sorte du trou, mais c'était pas facile parce que c'était quand même un grand trou, mais la roche à Randy a servi de marche, pis la fille s'est en allée de là.

Quand je raconte des histoires comme ça à Julie, elle écoute du début à la fin. Pis là je baisse le ton, mais elle veut tellement connaître la suite qu'elle s'approche pour bien entendre. Elle m'a dit pour sa mère.

— J'ai pas toutes les nouvelles de Montréal, moi, Julie, ils me montrent juste celles d'ici. Je peux pas te raconter comment elle a fait ça, ta mère.

— T'es pas obligé de tout savoir, qu'elle m'a répondu.

Chapitre 7

ES LUMIÈRES MULTICOLORES ÉCLAIRENT LES MAISONS. Ça va être Noël dans quelques jours. Moi qui pensais que les Gaspésiens se perdaient sous la neige. Celle qui est tombée est toute fondue.

Courtney Love crache dans les haut-parleurs de ma Jetta. Je prends deux bouteilles à la SAQ. « Vos cartes, madame, s'il vous plaît.»

Je retourne rapidement dans mon auto penser avec Courtney, j'écoute même trois chansons dans le stationnement de l'immeuble où j'habite pour l'entendre me convaincre que ça se peut de voir les choses à travers un filtre noir. C'est terriblement dur de côtoyer ces handicapés jour après jour. Il faut décompresser. Trouver le moyen de fuir.

Frédéric avait raison, on finit par être contaminés par leurs incapacités, on se laisse submerger par la pitié, sans même s'en rendre compte, ça nous met dans un état lamentable, comme si toute la vie tournoyait autour d'un même pôle et l'accolait, morceau par morceau, à la malchance. Parce qu'ils étaient malchanceux, les gens des centres. Ils étaient nés croches, dans le corps, croches dans la tête. Et pour toujours. Pourquoi savoir laver la vaisselle quand tu ne peux pas cuisiner parce qu'utiliser une cuisinière électrique c'est trop dangereux, tu peux te brûler ou mettre le feu. Ça donne quoi qu'ils apprennent à compter les sous, ils ne reçoivent qu'une petite pension insuffisante pour se gâter. Et s'ils déclaraient faillite, on ne pourrait absolument rien leur saisir et ils ne légueront non plus aucun héritage à personne. La plupart vivent sans famille et sans enfants. On les laisse très peu devenir amoureux, par peur qu'ils se trompent. Pour ce que j'en comprends de l'amour, ce n'est pas vraiment risqué qu'ils fassent pire que les autres à cause de leur handicap. Et puis, s'ils sont violents entre eux, qu'ils s'arrangent, je prends juste mes voisins, ce n'est pas une façon exemplaire de vivre. J'imagine mal comment ça pourrait être pire si on laisse mes moineaux du centre se construire un semblant de nid quelque part. On ramasse de toute manière les brindilles qui se trouvent sur son chemin, impossible d'inventer des matériaux qu'on ne possède pas.

Ça doit être l'impuissance qui s'incruste d'abord dans notre conscience. S'apercevoir qu'on ne peut rien changer de leur vie, que notre simple passage n'est sans doute pas suffisant, qu'on se trouve souvent bien seuls à passer d'ailleurs. Puis voir les gens fuir devant les défauts de l'homme, sans gêne, les regarder abandonner l'animal blessé parce que c'est plus simple d'avancer parmi les plus forts, ça s'imprègne dans la mémoire et ça aboutit en une sorte de sentiment de vengeance. Il faut lâcher prise et je reste meilleure pour disparaître que pour abdiquer. Ce n'est pas à mon avantage.

Des larmes me viennent aux yeux, mais pas assez pour que ça me coule sur les joues. La rage les retient.

Violet.

Violence.

Oui, Courtney, t'as raison. Quand ils ont tout pris, ils ne reviennent pas parce qu'il ne reste rien. Juste un corps de poupée. Pas d'esprit à l'intérieur. Choisir d'écouter la voix au-dessus. Ou celle en dessous.

Je passe un bon moment devant mes deux bouteilles. Le dossier de la chaise de cuisine me fait mal au dos. Je me tortille. Je devrais pendre une douche. Mes yeux veulent dormir, mais je sens une sorte d'énervement. Ça ne va pas. Je n'ai rien mangé depuis le midi. Je vomis. Par terre, à côté de la table sur les tuiles grises.

Ma porte s'ouvre.

Frédéric arrive de son quart de travail avec son fusil. Ce fusil que je regarde toujours en premier quand il entre chez moi en uniforme.

Je lui mens en lui disant que j'ai la gastro. Il aperçoit les deux bouteilles. Pleines. Il prendrait sans doute un verre, mais étant donné l'état de la cuisine, je n'ose rien lui offrir. Ma bouche goûte terriblement mauvais.

— Tu peux revenir demain. Ça va aller, je me sens déjà un peu mieux.

— Il ne faut jamais sous-estimer la gastro, Julie. Quand on pense qu'on va mieux, c'est qu'on est sur le point de vomir encore.

Frédéric m'apporte un bol en métal. Et des essuie-tout qu'il a pris soin d'humecter. Un garde-malade avec un gun dans mon appartement souillé de vomi. C'est gênant.

Frédéric s'affaire à ramasser mon dégât. Les hommes de la Baie-des-Chaleurs sont étranges.

Tout est nettoyé. Frédéric tourne en rond. Il hésite entre s'asseoir à la table ou s'approcher de moi. Je me tasse dans le coin pour lui laisser de la place. Qu'il prend.

— Une tombe a été vandalisée dans le cimetière, derrière.

— Je devais dormir, j'ai rien entendu, que je lui réponds.

Lui mentir. Je suis incapable de lui parler franchement. Lui expliquer qui je suis. D'où je viens. Pourquoi je vis ici. Il ignore pourquoi je ne bois jamais. Il me prend pour une fille sage.

Me faire confiance. « On a cherché des empruntes. J'ai pris des photos des lieux. Tu connais le truc avec le trombone ? » Je fais signe que non. « Tu places un trombone, ou une règle, ou un autre objet sur chacune des photos. Ça sert de référence pour mesurer les éléments de preuve. » Je lui demande de quel élément de preuve il parle. « Pas cette fois-ci. On a rien. En fait, quelques traces de pas. » Je fais une moue qui lui crache en pleine face son manque de compétence. Je m'intéresse à toutes ses enquêtes, avec le sentiment qu'il va nécessairement échouer. Il le sait. Mais lui, ce qu'il aime par-dessus tout, c'est quand je lui raconte la version de Raymond. Ça le fait sourire. Il les traite de dingues, mes moineaux, et moi je lui lance des yeux furieux et ça l'excite, je pense, de me voir les protéger. « Qu'est-ce qu'il t'a inventé à propos du cimetière ? » Je lui réponds que c'est au sujet d'un vieux qui a fait ça. Un vieux qui avait besoin d'un morceau de doigt. Il rit. « Sais-tu dans quel état c'est, un cadavre ? C'est pas le meilleur endroit pour ramasser un doigt. Et il faudrait creuser un sacré bout de temps pour se rendre jusqu'au corps enterré. » « Une nuit, c'est long, ça dure des heures. Si le sol est mou, moi, je crois ça tout à fait possible. » « T'es crédule, ma vieille ! »

et il me pince la cuisse. Je sursaute. Pas ça. Pas à moi. « Quoi ? Ça t'a pas fait mal, quand même. » Faut pas écorcher mon corps, faut le traiter avec délicatesse. Compris. Pardonné. Recommence pas. Non. C'était pas délicat ce que mon père faisait avec ses mains, alors moi, les mains des hommes, il faut que je les apprivoise. Frédéric devient muet. Mon commentaire l'a assommé. Comme s'il s'était tout à coup senti sale. « Je dis pas ça pour que tu ne me touches plus, je dis ça pour pas que tu me fasses mal. » « Et ton Raymond, finalement, est-ce qu'il t'a raconté autre chose ? » « Que le vieux, il était accompagné. » J'en épargne des bouts à Frédéric. « Je vais aller le questionner, ton Raymond, peut-être qu'il se promène la nuit et qu'il voit vraiment des choses. » Je ne veux pas voir Frédéric au centre, pas avec son arme au travers des colliers de perles de plastique. Pour le peu que ça donnerait. Pas très crédible dans un rapport de police. Je demande à Frédéric s'il a déjà commis un crime. Très jeune, il a volé des peccadilles. « Un vrai crime, ça non, jamais. Et je ne serais pas capable de faire ça non plus. » Je lui dis que j'ai déjà imaginé tuer des gens. « C'est vraiment tough commettre un meurtre. Il faut que tu frappes au bon endroit. J'ai déjà essayé d'achever une oie que j'avais accidentellement accrochée avec le char de la SQ. La pauvre bête. Elle était pas morte. Mon collègue et moi, on a convenu de pas la laisser souffrir. J'ai pris la pelle. Je l'ai frappée de toutes mes forces en pleine tête. Son cou s'est cassé, mais elle continuait à tourner en rond, sa tête collée contre une aile. Et j'ai frappé encore et encore. Jusqu'à ce qu'elle cesse de bouger. Du sang s'était répandu partout sur la neige. J'ai essuyé ma pelle comme j'ai pu et lancé la bête sur l'accotement du chemin. Si ça avait été une personne à moitié étourdie qui me supplie d'arrêter de frapper, j'aurais jamais pu terminer le travail. » « Ça doit être pour ça que le gars du film avait choisi une tronçonneuse. Il avait dû commencer avec un mauvais outil. Bien que ça doit gicler plus, tu ne manques pas ta shot. » Frédéric me trouve très drôle. « Tu parles comme Raymond ! »

Chapitre 8

*M*ES MAUX DE VENTRE, ÇA EMPIRE. Et mes vomissements deviennent de plus en plus fréquents. Je dors mal. Mes rares moments de sommeil ressemblent davantage à des pertes de conscience ponctuées de cauchemars atroces. Les images dans mes rêves semblent vraies. On se croirait en train de regarder les nouvelles. Des tragédies, des crimes, les cris des gens qui souffrent et m'appellent à l'aide. Et je reste immobile. Ils meurent devant mes yeux. Je commence à comprendre Raymond. Un flou s'installe entre la réalité et mon imagination. Comme si la brume de la mer m'était entrée dans le cerveau. Et moins je dors, plus je maigris. J'en suis rendue presque laide.

Frédéric se pointe souvent, comme ça, chez moi, sans prévenir, pour vérifier que je vais bien. Il s'inquiète beaucoup de ma santé. « J'ai pas besoin de consulter » que je lui répète, mais il ajoute toujours des « Ça fait pas mal de voir un docteur » ou « Fais ça pour moi si tu veux pas le faire pour toi. » Ça m'agresse, son instance à vouloir me protéger. Je ne suis pas une bête fragile. Mon père ne m'aurait pas laissée devenir une guenille. Pour que Frédéric se taise et que j'aie enfin le dernier mot, je m'approche de son corps. On change de sujet.

J'ai dû prendre quelques heures de congé dernièrement. Gilles me permet de partir à ma guise, il voit bien que je souffre. C'est le bruit qui m'affecte le plus. Je tente de trouver des activités calmes. Les casse-tête, c'est assez bien pour obtenir un relatif silence. Et j'ai commencé à leur faire écouter de la musique, ça aussi ça les fait taire. Le dessin ou les colliers, ce n'est pas gagnant du tout, ça se termine toujours dans une cacophonie de criage de couleurs pour s'échanger des billes ou des crayons.

Quand tout devient calme, je m'assois près de Raymond qui déchiquette de moins en moins parce que le bruit de sa machine, je suis plus capable. Et franchement, je ne lui porte pas chance parce que chaque fois qu'il lève le regard vers moi, le papier coince dans la machine et ça le met tout à l'envers. Je dois alors m'approcher de lui, mettre le moteur en marche arrière et ramasser le plus de miettes de papier que je peux. Alors là, il me parle et plus il me raconte ses histoires de polices qui viennent chercher le monde, plus ça me rend de bonne humeur. Parfois je ris. Puis Raymond met sa main sur mon bras «T'es belle, Julie.» « T'es beau toi aussi, à ta façon. À la façon dont tu t'exprimes. Aux fantaisies que t'inventes, mais excuse-moi, tu n'imagines rien ! Tu lis ça. Les paroles s'envolent, les écrits restent. Tu devrais m'apporter un journal pour que je regarde ça de plus près. Quoi, t'as pas de place pour le déposer dans ton fauteuil roulant ? Ni même un petit article dans ta boîte à lunch ? Quelque chose qui parle de moi. Ou encore une bonne nouvelle, y'en a pas, des bonnes nouvelles, dans ton journal ? » J'approche mon oreille de son visage, il chuchote, c'est à peine audible, comme une musique en sourdine.

— Viens chez moi, me redit Frédéric.

— On est très bien ici, que je réponds d'un ton sec.

Il insiste trop souvent là-dessus.

— On s'ouvre une bouteille ? qu'il me lance, se dandinant comme s'il cherchait le tire-bouchon.

Je lui dis « non ». Je reprends la bouteille et la replace à côté de l'autre dans l'armoire.

Un jour peut-être.

Peut-être qu'un jour, on pourra la boire, cette bouteille.

Peut-être aussi que j'irai faire un tour chez lui.

Peut-être que j'abandonnerai ma méfiance.

Que je le laisserai me connaître.

Parfois j'ai envie de me mettre à parler, tout dire d'un coup, cracher les nœuds de ma conscience sur les murs de mon appartement et partout dans les oreilles à Frédéric. « Tu peux me parler » qu'il répète, et moi, ça m'éteint les ardeurs, je me recroqueville pour camoufler mon intérieur grugé comme le bois par des fourmis. Mes os pourris. Pourquoi c'est si difficile de s'exposer, et lorsqu'on s'en approche, une frayeur soudaine nous prend comme si on risquait d'exploser. Voilà, comme ça. La honte de dire qu'on est tout fragile et qu'on a raté le départ. La honte d'avoir attendu toutes ces années pour révéler ses secrets. Se faire accroire qu'un jour ça sortira tout seul... et ne jamais se rapprocher de ce moment où nos lèvres vont laisser filtrer la harde de mots qui se cachent. Se sentir coupable. On est d'abord la victime, puis le témoin, et soudain on se trouve complice. Elle naît de là, la culpabilité qui nous oblige à nous taire. C'est en elle que sont vissés les ancrages qu'on s'est construits avec le temps, pour s'assurer d'une pleine discrétion. Je demeure silencieuse en fuyant le regard de Frédéric. J'ignore ce qui me fera flancher un jour et j'en ai peur.

La crèmerie Arsenault a été incendiée pendant la nuit. Ma gang est plutôt déçue. Ils s'imaginent qu'ils ne pourront plus jamais manger de crème glacée. Et c'est tout. La vie se résume tout à coup à l'envie de savourer de la crème glacée. Rien d'autre. Je les fixe sans parler, désemparée, et Raymond m'observe. Lui, il ne montre pas cette amertume sur son visage.

— Je sais à quoi tu penses, Julie, qu'il me dit et ça me ramène les deux pieds sur terre.

— Je croyais que ça pouvait pas brûler, de la crème glacée, se plaint Denis.

Mélissa ajoute son mot. « Ça pue. »

Je sors prendre ma pause pour examiner la scène, dans l'air sec et froid, de loin, fouineuse mais pas tant que ça. Le chef pompier, un vieil homme un peu flasque du bas-ventre, étanche entre les cuisses, accoté sur son camion, jase avec deux voisins.

L'un deux, le tout maigre, demande ce qui s'est passé.

— Je peux rien vous dire pour tusuite. L'enquête suit son cours. L'agent Landry va faire son rapport plus tard.

— C'est-tu criminel ?

— On sait pas encore.

— Ça brûlait pas mal, ajoute le second voireux, costaud, mais petit.

Frédéric revient de la scène de l'incendie et, tandis qu'il s'approche des trois hommes, son regard croise le mien. Il me sourit, je lui fais un signe de la tête. La police ne viendra pas me chercher même si « je t'ai vue dans le journal en train de mettre le feu à une grosse bâtisse de crème glacée ». « Tu lis trop, Raymond. » « La police va venir te chercher, Julie, t'as trop gardé de crème glacée juste pour toi toute seule. Il fallait en laisser un peu à Jocelyne pour quand elle va voir la plage. Et le sable. » Et les coquillages, oui, oui. Et le vent et les crottes des oiseaux, Raymond, j'ai compris. Il faut éviter de trop lire les journaux.

— Un accident, sans doute, déclare Frédéric.

Une portière de véhicule de police qui claque. Le camion de pompier qui démarre. Et toute notre crème molle emballée d'un long ruban rouge. Voilà.

Les mains dans les poches, je botte une motte de neige en direction du spectacle et fais demi-tour pour regagner ma scène à moi.

La guerre est pognée raide en dedans.

Mélissa a renversé un pot plein de billes, puis Jocelyne, folle de colère, a empoigné le cou de Mélissa de toutes ses forces en grommelant.

— Julie ! me crie Gilles.

Il a toute la misère du monde à séparer les deux femmes.

— T'étais où ? grogne-t-il en retenant la petite Jocelyne avec fermeté.

Mélissa se met à hurler.

— Jocelyne, t'es laitte. T'es laitte. T'es laitte.

Dédramatiser. Se calmer. Essayer de trouver les bons mots.

Le feu, ça les a grandement énervés. Ça nous a tous vraiment énervés.

La tombe solitaire de la caissière

*L*É PAPIER JOURNAL, C'EST RUDE. Quand tu passes ton boutte de doigt partout sur les tites lettres, tu sens comme des bosses, pis là, moé, si j'étais un aveugle, je voudrais lire ça, le braille, parce que j'aime le relief, qu'ils appellent, pour pas dire des bosses. Quand tu touches à une photo, tout d'un coup ça devient plus doux. Quand j'allais à l'école, j'me rappelle d'une vieille professeure qui passait toujours sa main dans mes poils de tête. « T'es doux, mon Raymond, reste de même », qu'elle disait toujours, pis là y'avait la face à St-Onge qui se mettait à bouger comme en riant, pis il donnait un coup de coude à Laurence. « T'es con » que j'entendais avec mes bonnes oreilles. Laurence, elle avait jamais de sourire dans la face comme si elle était triste tout le temps, et ses parents avaient ben de l'argent, pourtant. Elle portait des belles robes et la professeure, elle regardait St-Onge avec des gros yeux, gros comme si ça risquait de tomber à terre, tout d'un coup. Si elle avait juste pompé un peu plus, elle aurait été une bonne candidate pour apprendre le braille, la professeure, pis là, elle aurait mis les mains dans mes cheveux, mais pas pour me dire : « T'es doux », mais plutôt : « T'es où, mon Raymond, reste de même. » J'aimais ça, ses cours, elle nous montrait le français et St-Onge il avait souvent zéro. Moi, je composais des ti poèmes pour Laurence que je lui faisais pas lire, mais la professeure elle tombait souvent dessus. « T'es doux », qu'elle pensait, pis là, elle devait se dire que personne lui avait jamais écrit des ti mots de même.

À la fin de ma cinquième année, St-Onge a volé mon cahier de poèmes, pis il l'a montré à Laurence : « Raymond le boiteux aime Laurence », pis là, plus ça allait, plus il criait ça fort et Laurence elle était toute rouge et elle s'est mise à pleurer. Pis comme elle a pleuré à cause de moi, elle a plus jamais dit : « T'es con », elle a plus jamais dit rien qui me concernait. C'est là que j'ai compris que c'était moins risqué de lire que d'écrire ; aussi j'ai lu des livres que ma professeure me donnait, des histoires d'amour où y'avait des monsieurs qui touchaient à des madames à des places que ça m'a permis de connaître, et Laurence elle devait en avoir sur le corps des places comme ça. Pis là, je rêvais de toucher à ça pour savoir si c'était doux, pour sentir le relief sur le boutte de mes doigts. « Tu peux pas faire ça, Raymond !» qu'elle m'a dit la professeure quand je lui ai demandé si elle voulait enlever ses bobettes : « Je suis une adulte et toi t'es juste un enfant.» Même si j'étais doux, elle voulait pas et ça me gênait ben trop de demander à Laurence. Un soir, je me suis déguisé avec les grosses bottes à mon père et son chapeau brun en velours pis j'ai mis des clés dans mes poches pour avoir l'air important pis j'ai changé ma voix. Laurence, elle ne m'a pas reconnu, mais elle a gigoté beaucoup, pis là, finalement, j'ai trouvé que c'était doux.

« Il faut que tu t'envoyes une pomme dans le gorgoton à toués jours, mon ti-t'homme si tu veux pas râler dans tes vieux jours», me disait mon père qui me rapportait souvent des pommes des pommiers des voisins. Il les volait en cachette en grimpant sur la clôture de bois, pis là, chaque fois, j'étais sûr qu'elle allait s'écraser avec mon père dedans. Je devenais stressé, pis ma mère criait : « Eille, tu vois pas que Raymond y shake de peur en te voyant t'écartiller de même, le pére ? Tu vas nous le scrapper, notre Raymond, là, déjà qui est pas faite fort. J'ai pas envie qu'on soye

obligés de r'tourner back dans grand' ville ! »
Pis là, mon père s'est mis à sauter par-dessus
la clôture quand je ne pouvais pas le voir. Les
jeudis je vas à l'épicerie et j'achète des pommes
pour toute la semaine et aujourd'hui on est jeudi.
Dans l'ancien temps, c'était des grands champs
partout, pis là, ils faisaient pousser les légumes
dedans. Un jour, ils ont construit des épiceries
dans les champs et ils ont mis de l'asphalte tout
autour et maintenant les légumes ils sont dans
les épiceries.

Mon père m'amenait toujours avec lui pour
faire les commissions. Il me disait : « Un jour, tu
seras tout seul et le docteur Brown a dit qu'il faut
que tu te débrouilles. » Mais c'est pas facile. Des
fois, je demande de l'aide pour transporter mes
choses même si c'est pas très loin de chez moi.

La caissière du IGA s'appelle Michelle. Molle.
Un mollusque tout flasque. La face étirée. Une
fale de poule qui pend. En dessous de sa carapace
de vêtements Sears en liquidation, elle m'a donné
mon change en prenant son temps pour
laisser glisser chaque pièce, une à une. Elle a fait
tomber mon sac de Macintosh, pis là, elle s'est
penchée en relevant bien haut son derrière tandis

que je me faisais déjà à l'idée de manger des pommes poquées.

J'ai attendu Michelle dans le stationnement à neuf heures parce que je sais qu'elle finit à neuf heures. Je l'ai vue compter sa caisse à travers les vitrines du IGA, pis après elle est sortie pour rentrer chez elle. Des fois, mes sacs sont trop lourds et Michelle me les apporte parce que j'habite tout près, pis là elle me dit que c'est juste quelques petits pas. Et pis même si elle est pas belle, c'est pas grave parce que le soir, dehors avec le ciel tout noir, on voit pas beaucoup la face du monde.

Ils ont déjà tout écrit ça dans le journal, ils sont rapides comme c'est pas possible. J'ai vu Michelle qui est tombée dans le fossé. Une punition. Elle a pensé que le monsieur avait besoin d'aide avec ses pommes. Pis là, son corps a déboulé lentement puis, après, il y avait du silence. Michelle était brisée comme mes pommes. Dans le fond du fossé, ses yeux regardaient dans ceux du monsieur. Il voyait sa carcasse étendue sur la neige. Le sang de son crâne avait barbouillé sa face pis rempli les craques. La noirceur, le froid et le vent, il y avait juste ça à sentir à part le silence tout autour de Michelle. Michelle au bord de la rue. Un déchet pour le truck du vidangeur. De la viande pour l'estomac du corbeau qui guette de haut. Une cuisse de poulet dans ta cuisse si t'avais été un poulet. J'en mangerai pas, je te laisse aux vautours. Tu goûterais sans doute trop sucré pour mon diabète parce que je te vois grignoter des biscuits en comptant ta caisse les jeudis soir. Maman m'aurait dit : « On ne mange pas de dessert quand on n'a pas été gentil. » Le dessert, ça donne des caries. Pour punir. Ça peut faire des caries dans leur cerveau si les corbeaux mangent Michelle sucrée.

On s'enfarge toujours dans les roulettes de la vie, Michelle. Un jour ou l'autre, on arrête d'avancer. On arrête d'attendre la mort.

Pis là j'ai pas juste lu ça dans le journal. Ils ont parlé de tout. Toujours. Les détails. Les preuves. Pour qu'ils les pognent, les malfaiteurs. Dans ma ville. Comme si quelqu'un voulait montrer sa misère, sa trop longue route, sa saloperie de vie. Écouter la voix qui chuchote plein de mauvaises idées pis les réaliser pour punir les autres. Moi je suis presque rien dans tout ça. Qu'un vieil homme tout croche qui attend. Pis je lis. Pis je lis encore. Pour tout savoir. Tout connaître.

Ils ont reparlé d'Arthur le chat. Ils reparlent toujours des mêmes choses dans le journal. Arthur qui ronronnait dans mes bras avant qu'on ne le brise en morceaux et qu'on aille le porter sur le perron de la police qui n'a encore pogné personne. Cette chiure de chat mort dans son sang, qui fait qu'on n'est plus allergique au poil.

La caissière dans le fossé, c'est pas un accident, c'est le meurtre de quelqu'un qui a poussé Michelle. C'est certain, je l'ai lu. Des petites traces de pas dans la neige. J'aurais juré des cris.

C'est quand même bon de ne pas se faire pogner après tout ça. Mais ils devaient continuer parce que la petite fille du cimetière avait encore envie de faire des choses, pis là, le vieux en chaise roulante avait encore des idées.

Au centre, aujourd'hui, je me suis chicané avec Julie à cause de la déchiqueteuse pis des affaires comme ça, ça m'empêche de dormir alors je lis quelques pages de plus pour trouver le sommeil. Julie ne veut pas me laisser faire. J'ai pourtant des piles de feuilles à passer dans cette machine. Pis là, elle, elle veut pas que je le fasse. Elle me dit de m'occuper avec d'autres choses et je dis « non », pis elle me menace de ranger la déchiqueteuse et là, je baboune. J'espère qu'elle ne va pas le faire. Elle me serre le bras.

— Raymond ! Regarde-moi ! qu'elle me crie après, mais je ne la regarde pas.

— Laisse-moi déchiqueter mon papier tranquille, que je lui dis.

— Tu ne peux pas passer tes journées dans ton coin tout seul comme ça.

— C'est parce que tu sais pas ce que je fais. Julie, tu sais pas ce que je fais.

Et elle s'est mise à me crier après pour savoir ce que je fais.

— Je leur crève les yeux ! Bang ! À travers les lames de ma machine, je les brise en morceaux et la police va venir te pogner, Julie. Je l'ai lu dans le journal. Ils savent tout et ils s'en viennent. Va-t'en !

Chapitre 9

*J*E TE PRÉPARE DES GAUFRES, JULIE ? me demande Frédéric alors que j'ai encore les yeux collés.

Je lui dis « oui ».

Ma tête tourne un peu ce matin. Ce n'est pas le manque de sommeil. C'est autre chose.

— Tu bois un café ? me crie-t-il de la cuisine.

— Oui.

Frédéric y est allé un peu fort sur le chauffage. Il a toujours peur que j'attrape froid. On dirait que la tempête annoncée fait rage. J'entends le vent siffler. C'est d'ailleurs le grondement de la déneigeuse qui m'a réveillée ou, du moins, qui m'a sortie de mon assoupissement.

Et là je me lève. J'aurais dû rester éternelle-
ment couchée parce que mes orteils effleurent
les poils du tapis. Qu'est-ce que je fais chez lui ?
Je n'aurais jamais dû venir ici, mais j'oublie ce
qui m'a convaincue de l'accompagner hier soir.
Comme si je me réveillais d'un rêve tout à coup.
Ça se met à sentir la même chose que dans ma
chambre. Quand j'étais petite. Les souvenirs de
mon père. Et cette odeur de ma maison s'éparpille
partout chez Frédéric. Retourner quinze ans
en arrière juste par mon pied qui frôle le sol.
J'avance, mais les émanations persistent. Puis
la salle de bains en vieilles tuiles turquoise et
brunes, et je perds l'équilibre. Je vomis dans
la toilette jaune. Et j'imagine entendre mon père
dans la cuisine, des sons qui rejaillissent dans
ma tête après tant d'années. Il crie après ma mère.
Je le vois qui lui serre la gorge et maman,
elle pleure. Je n'ai pas remarqué le décor hier soir
pourtant. Il faisait noir. Ça avait l'air d'une
maison normale. Mais elle est pareille à celle que
j'ai connue. Mes souvenirs imprégnés partout.

La céramique froide du bol de toilette
ne suffit pas à me faire reprendre mes esprits.
Frédéric inquiet se pointe. « T'aurais pas quelque
chose à me dire ? » Il me remet un linge mouillé

et m'escorte jusqu'à la table. C'est beau. Il a placé des napperons, les ustensiles et tout le reste comme au resto. Il me verse du café.

— Tu serais peut-être mieux de boire du jus, dans ton état.

Frédéric est plus énervé qu'à l'habitude. Comme j'ignore ses questions, il va droit au but.

— Tu serais pas enceinte ?

Non ! J'ai toujours pris mes pilules.

— Comment t'expliques ça que chaque fois que je te vois, t'es malade ? Qu'est-ce que tu me caches ?

Si seulement il savait tout ce que je garde pour moi. Mes mains. Je les fixe. Je les ouvre le plus grand que je peux. Je sens ma peau raide, mes articulations douloureuses, mes ongles courts. Je les dépose devant moi sur la table, ces deux mains qui absorbent toute mon attention. À plat. Les images me reviennent. J'ai huit ans.

Mon père m'oblige à l'approcher de si près que je reçois sa bave en plein visage. Et là je comprends que ma mère lui a parlé de partir avec moi. Il devient furieux.

— Tu ne briseras pas ma famille ! qu'il lui crie.

Et il la frappe à nouveau. Ma mère le supplie de nous laisser s'en aller. Qu'il peut garder la maison, l'auto, tout, qu'elle ne lui demande rien.

— Juste partir. Tu fais mal à Julie. Et à moi aussi. On n'en peut plus.

D'habitude il s'excuse, demande pardon, et maman accepte de croire qu'il va changer.

— Non. Tu as eu ta chance, que maman dit avec la voix du courage. Je ne te crois plus.

Il empoigne ma mère si fort avec ses grosses mains qu'elle est incapable de se défendre, puis mon père baisse son pantalon, et là je cours vers le salon. À peine trois ou quatre pas. « Julie, tu reste ici ! » qu'il hurle, et je fais demi-tour pour le voir violer ma mère qui pleure.

— Tu vas changer d'idée, mon astie de chienne. Tu vas pas crisser ton camp d'icitte.

Les larmes de ma mère dans le silence.

Et quand je cache mes yeux, mon père m'enlève les mains du visage. Puis il retire enfin son pénis. Je vois du sang et ma mère gifle mon père.

— Salaud !

Il attrape un couteau sur le comptoir et de sang-froid, sans hésiter une seconde, il crève un œil à ma mère qui hurle de douleur.

— La prochaine fois que tu te défendras, salope, je te crèverai l'autre.

On s'est finalement enfuies de la maison quelques années plus tard, avec chacune un sac à dos rempli de vêtements. Je n'ai jamais revu mon cochon de père.

Je raconte à Frédéric comment j'ai quitté Montréal pour venir m'établir ici. En pensant que ça allait me sauver. J'ai voulu partir. Avec mon corps, simplement, et laisser mon âme très loin derrière, mais la vie, c'est comme le son, elle finit toujours par rejoindre l'image, décalée. Et c'est ce décalage qui m'a affectée le plus. Ça me rend malade. De plus en plus malade. J'ai ma vie de jeune femme qui court derrière la vie de fuckée qui va à toute allure.

Frédéric me regarde, l'air de ne pas bien saisir ce que je raconte.

Quelqu'un d'autre vit en moi, Frédéric, une inconnue. Et les idées. Les idées de Raymond, qui se sont éparpillées partout dans mon cerveau, dans cet organe mystérieux, qui abrite la mémoire, des souvenirs indélébiles. Mon père s'appelait Raymond et quand j'ai vu ce Raymond de Chandler en train de crever des yeux avec sa déchiqueteuse et ses paraboles et ses insinuations, ça m'a virée à l'envers, et j'ai compris qu'il se passait quelque chose. C'est venu me chercher. Ça me donnait l'impression que mon inconscient me parlait à travers toutes ses histoires. Puis j'ai commencé à éprouver toutes sortes de symptômes étranges, mais je restais certaine que ça allait s'arrêter. Ça empirait de jour en jour. Et toi tu continuais à t'occuper de moi. Si tu savais tout ce que j'ai fait.

Dans le regard de Frédéric, je vois se dessiner des tas de questions. Mes mains demeurent étendues sur la table, les doigts bien écartés.

— Tu sais, Frédéric, j'ai toujours cru qu'on vit au bord d'un gros trou et que si on tombe dedans, on est perdu. Eh bien moi, je pensais être solidement attachée au rebord. Je vivais avec l'impression bizarre d'être prise dans une bulle, pas capable de rire. Pas capable de ressentir le même plaisir que les autres. Isolée. Découpée d'une page de magazine et recollée plus loin dans les petites annonces. Jeune fille cherche vie paisible. Mais c'était peu réaliste en fin de compte de penser que je peux devenir plus heureuse ailleurs. Puis ma mère s'est tiré une balle en pleine face. Comme si sa face n'avait pas encore assez mangé de coups.

Je lui parle de mon père. Je lui raconte des morceaux de moi, des secrets. Il écoute. Je lui fais le récit de mon voyage jusqu'ici. Mes ambitions. Et le papier que la vieille dame a laissé tomber, *Chercher Raymond*. J'étais perturbée. Il avait des idées, ce Raymond de Chandler assis devant sa machine. Je les ai prises.

Frédéric se rend compte que les choses sont plus compliquées qu'il le croyait. Le déjeuner a refroidi et on n'a rien mangé. Il me pose des tas de questions. Plus il veut savoir, moins ça semble clair. J'ai l'habitude de parler à du faux monde dans des radios, moi, pas à de vraies personnes. J'hésite. Mais il insiste tant. Il pose et repose ses questions, dans tous les sens, ça m'étourdit la conscience et je me sens au bord de le lui dire. C'est parce que c'est une police, je pense, que je commence à dire quelques mots que je ne me sentais pas capable de prononcer. Il sait mettre les gens en confiance pour les faire avouer. De toute façon, j'en suis à un point où j'ai peut-être besoin d'un peu d'aide. Partir. C'était loin d'être comme je l'imaginais. Mettre un x sur le passé, quand on est loin de ses racines, c'est impossible. Ça prend un bien trop gros x. Ça m'en prendrait un de mille kilomètres de long. C'est le poids que je sens sur mes épaules. Mon regard plonge dans celui de l'homme devant moi, parfait. Ça devient un peu plus clair, cette impression de fracture entre ma vie et la sienne. En roulant si loin, je ne fuyais pas, je déboulais dans l'abîme.

Frédéric aurait dû tout enregistrer. Ça m'aurait servi de déposition officielle. J'avais l'intention d'expliquer les choses une seule fois.

— Un soir, je suis partie plus tard du centre. Ç'a été facile de kidnapper ce maudit chat. Est-ce que je t'ai dit que je déteste les animaux ? Petite, j'adoptais les chats des amis de la classe. Des bébés chats. Je les déposais dans des pots vides de beurre d'arachide. Je perçais un trou dans le couvercle avec le bout de mes ciseaux et je l'emplissais d'eau. J'observais le chaton se noyer. J'ai dû le faire près d'une dizaine de fois. J'ai arrêté le jour où les amis n'avaient plus de chats à me donner.

Frédéric me sort des théories farfelues sur mon éducation contaminée par un père violent. Une mère incapable de me protéger. Des conneries. Je faisais ça parce que ça me tentait. Pour l'expérience. Comme on tue une mouche qui nous agace. Ils vendent des tue-mouches partout. Un chat, c'est quand même juste une grosse bibitte.

— Tu vois, le chat de zoothérapie, c'est pareil. Il n'a pas bougé longtemps. Que de petits miaulements. On aurait dit un bébé. Ça m'a libéré l'esprit un moment. Ça m'a fait du bien de tuer ce chat. Puis j'ai pensé le déposer devant ta maison parce que tu insistais trop pour que je te rende visite et ça me mettait en colère de toujours devoir justifier ma réticence. Je n'avais aucune raison pour refuser de venir ici. J'en avais juste pas envie et je ne voulais pas que tu me forces.

— T'as de l'imagination, Julie.

De quoi il parle ?

— C'est Raymond qui a fait ça, on a les preuves vidéo d'une caméra de surveillance. Tu savais pas ? Il va passer en cour dans quelques semaines. Mais il faut pas t'inquiéter pour lui, il va sans doute pas prendre grand-chose, vu son état.

— Il peut pas avoir fait ça, il est en fauteuil roulant, que je lui dis.

— Il en a pas tellement besoin, de son fauteuil, réplique Frédéric, il peut très bien marcher.

Mais de qui il parle au juste ? C'est quoi qu'il me sort là, tout à coup ?

— Tu savais pas ? Il aime ça qu'on s'occupe de lui, m'apprend Frédéric. Il répète toujours que c'est mieux de traîner sa chaise : comme ça, on peut s'asseoir partout. Tout le monde est au courant.

Raymond m'a menti. Je ne l'ai jamais entendu me dire que son fauteuil lui servait simplement de chaise. Ça me cogne par en dedans du crâne comme si c'était de la colère, mais non c'est autre chose. Je plonge dans mes souvenirs du chat, mais plus je cherche les détails, moins ils sont clairs. Le chaton noir. Le sang sur ma robe. Le visage de Frédéric devient flou et j'entends bourdonner. C'est pourtant moi qui ai fait ça.

— Il m'a menti. Il m'a dit qu'il ne pouvait pas aller chercher ce doigt lui-même dans le cimetière, qu'il avait besoin que quelqu'un pousse sa chaise. J'ai fait les choses pour lui. C'était moi la jeune fille qui entendait les conseils du vieil homme. On a construit des scènes et on t'a regardé, toi et tes amis policiers, ignorer par où commencer. Chaque fois je trouvais ça meilleur. Ça m'a fait oublier le passé pendant un moment parce que tout ce qui s'amenait autour, je le percevais comme l'avenir. C'est venu se jeter sur moi pfft ! comme ça au moment où je ne m'y attendais pas. C'est comme ça que ça se passe sur cette putain de Terre.

— Qu'est-ce que c'est que cette histoire de doigt ?

— Le cimetière, tu m'en as parlé toi-même l'autre jour, le cadavre qu'on a sorti du trou, c'était moi et Raymond ça, je l'ai pas inventé. Tu t'en souviens, tu m'en as parlé, de ça ?

J'entends : « Non, Julie », des mots qui bougent dans mes oreilles avec la voix de Frédéric. « Personne n'a déterré de corps. Des jeunes ont fait tomber des pierres de leur socle. C'est tout. »

— Tu comprends pas. T'as pas tout vu. Il doit te manquer des bouts de tes enquêtes. Je suis allée marcher dans le cimetière ce soir-là et j'ai trébuché à cause de tous ces cailloux par terre dans la noirceur. Il me fallait briser cette maudite pierre. Me venger de la mort. Et comme pour le chat, ça m'a fait du bien. Prendre ce morceau de doigt pourri. C'était tout mou.

Il me demande ce que j'ai fait d'autre, parce qu'il me dit que je délire, que je ne sais plus ce que je raconte. Que j'ai besoin de voir un médecin.

Et j'ai enchaîné avec le reste. Il fallait que quelqu'un sache.

— J'ai mis le feu à cette cantine à cornets. T'es déçu, hein Frédéric ? Ta Julie se défoule ! *Chercher Raymond* que c'était écrit sur le papier. On peut dire que je l'ai trouvé. Tu penses que je suis malade, mais tu sais, c'est pas les docteurs de l'hôpital qui peuvent me soigner parce que j'ai pas eu mal au cœur quand j'ai allumé l'incendie.

Frédéric me demande de m'arrêter un moment. « Non, Julie, c'était pas toi, c'était un accident », que je crois entendre, mais je ne suis pas trop certaine de ce qu'il m'a dit, à cause de tout ce bruit dans la pièce. De toute façon, je m'en fous. Il peut bien dire ce qu'il veut ou penser que je mens. Aller jusqu'au bout. Je dois aller jusqu'au bout.

Le bourdonnement intense dans mes oreilles. Un diaporama d'images sur les panneaux d'armoire de la cuisine. Mon père. Le salaud. Un bandit. Qui m'enrage. Ma mère morte. Mes origines saccagées. Moi, je suis une sculpture faite en merde. Je suinte de traumatismes que je n'ai pas su gérer. Mauvaise idée de fuir le diable. Mauvaise idée de vouloir se cacher. La trappe s'est ouverte. J'ai fait du mal. Par vengeance. Parce que Raymond m'a convaincue. Je l'ai laissé mettre son visage entre mes seins. La nuit au cimetière. Le désir intense. Ma beauté collée à son corps de vieux. Le menteur. Plus d'émotions à lui donner ma chair qu'à tuer le chat ou voler le doigt. C'est comme ça qu'on s'aime, ce Raymond-là et moi. Le chien. Je n'ai pas rêvé ça. Même si ça fait des semaines.

— Et quand j'ai vu mourir la caissière dans le fossé, que j'ai regardé ses yeux s'éteindre, sa face pleine de sang, ça m'a fait un bien incroyable. T'as noté ça, monsieur l'agent, j'ai étranglé cette bonne femme avec mes mains, comme Raymond me l'avait demandé.

— Raymond t'a jamais raconté ça, tu sais plus ce que tu dis.

— Oh oui, Raymond m'en a dit des choses. Il m'a expliqué comment il fallait la punir, cette caissière. Il m'en parlait tous les jours. Il l'attendait, chaque soir, dans le parking. Puis je l'ai fait. Je me suis rendue à l'épicerie après le coucher du soleil et elle est sortie à l'heure pile, comme Raymond me l'avait dit. C'est vachement froid l'hiver ici. Son cadavre s'est figé comme dans un congélateur. Je l'ai tuée. J'ai trouvé ça encore mieux que d'assassiner un chat.

— Y'a jamais eu de meurtre, Julie. La caissière a fait un arrêt cardiaque, et comme elle est tombée dans le fossé, personne ne l'a secourue.

Frédéric cherche à me couvrir, mais c'est pas de ça dont j'ai besoin. C'est trop fort, le bruit dans sa cuisine. Je veux qu'il sache la vérité sur moi.

— Je me rappelle tout, Frédéric. Chaque détail. Mes mains autour de son cou. Et le gémissement qu'elle a rendu comme dernier souffle, le même que celui de Sylvianne. Ses yeux...

— C'est qui, cette Sylvianne ? Et t'as tué personne, Julie. On est resté ensemble toute la nuit quand c'est arrivé.

Ce n'est pas possible. Pas de reproches de sa part. Il devrait me haïr pour tous mes crimes. Mais il n'en croit pas un mot. Il possède ses preuves de police, moi j'ai mes souvenirs. Des souvenirs, ça se grave dans notre cerveau. Pour toujours. Le vacarme dans cette pièce, ça devient insoutenable. Mais d'où ça provient ? J'ai mal à ma mémoire. J'ai mal aux tympans. On dirait des hurlements. Pourtant. Pas de menottes à mes poignets. Mes mains qui agrippent la table pour éviter que je m'affale sur le plancher. Ces mains qui n'auraient jamais été coupables.

Que les seules mains sales qui me concernent soient celles de mon père.

Je penche la tête un peu sur le côté. On dirait ma mère. Mes lèvres sont figées et je scanne toutes les images.

Mes souvenirs.

Dans ma tête brisée.

— Tu dormais comme un ange, qu'il me dit.

Quand tout à coup l'amour n'est plus
Que douleur au fond de notre être
Et que plus aucune fenêtre
Ne laisse passer le beau temps

Note de l'auteure

J'ai recollé dans cet ouvrage quelques lambeaux arrachés ici et là :
le cadavre dans le fossé et l'attente interminable sur cette putain
de Terre, de Beckett; le passage à Kamouraska, d'Anne Hébert;
Raymond Chandler, vous vous doutez pourquoi; Jean Leloup,
pour le mot de la fin, et Pierre Lemaître, pour le cadre et au-delà.

CET OUVRAGE, COMPOSÉ EN ITC GIOVANNI,
A ÉTÉ ACHEVÉ D'IMPRIMER À MONTMAGNY
SUR LES PRESSES DE MARQUIS IMPRIMEUR
EN AOÛT DEUX MILLE QUINZE.